MARIE ANDREVSKY
ANJA UND DIE LIEBE

Über dieses Buch

Die Schwestern Anja und Lili von Altenburg erfahren nach der Beisetzung ihres Vaters, dass Schloss und Grundbesitz nur in männlicher Linie vererbbar sind. Ihnen bleibt als Zuflucht nur eine kleine Meierei aus der Mitgift der Großmutter. Anja, die nie heiraten wollte und ihre Freiheit über alles liebt, macht sich über ihr eigenes Schicksal keine Gedanken, allerdings will sie ihre kleine Schwester gut versorgt wissen. Da kommt das Angebot, das ihr der Justitiar der Familie unterbreitet, gerade recht: Er sucht für einen vermögenden Adeligen eine Braut, die jung genug ist, um sich all seinen Wünschen gehorsam und widerspruchslos zu fügen ...

Über die Autorin

Marie Andrevsky lebt mit ihrer Familie in Wien. Sie spricht mehrere Sprachen und erlag schon früh der Faszination des Schreibens. Ihr Interesse für Völkerkunde und Mythologien fremder Länder spiegelt sich auch in ihrem schriftstellerischen Schaffen wider. Inspiration holt sie sich bei Reisen und beim Stöbern in verstaubten Geschichtsbüchern.

ANJA UND DIE LIEBE

MARIE ANDREVSKY

Umschlagabbildung: Henri Pigaillem
(Angélique de Scoraille, Duchesse de Fontanges)

Lektorat: Simone Seytz

Infos und Kontakt:
www.andrevsky.com
fran.henz@live.at

c/o Schreiblust-Verlag
Hörder Rathausstraße 30
44263 Dortmund
www.schreiblust-verlag.de

ISBN: 9781728863221

1

Blass und mit stocksteifem Rücken stand Anastasia am offenen Grab ihres Vaters. Der Wind spielte mit dem dünnen schwarzen Spitzenschleier, der ihr Gesicht vor den Augen der Trauergemeinde verbarg. In ihrem Inneren tobten Verzweiflung und eine unbändige Wut auf das Schicksal, doch sie nahm alle Kraft zusammen, um stark und aufrecht zu wirken.

Ihr Vater hätte nicht gewollt, dass sie sich gehen ließ und den Leuten ein Schauspiel bot, deshalb tat sie alles, um ihren Schmerz vor den anderen zu verbergen. Dem Grafen von Altenburg war immer wichtig gewesen, allen Außenstehenden eine makellose Fassade zu präsentieren. Diesem Wunsch wollte sie auch jetzt, beim letzten Weg ihres Vaters, Folge leisten.

Das fiel ihr umso schwerer, da Lilijana, ihre um acht Jahre jüngere Schwester laut aufschluchzte und ihrem Schmerz freien Lauf ließ.

Tröstend legte Anja den Arm um die bebenden Schultern und diese mütterliche Geste gab ihr selbst die Kraft, die sie so dringend brauchte, um das Begräbnis zu überstehen.

„Er hat bis zum letzten Tag seines erfüllten und glücklichen Erdendaseins so gelebt, als wolle er den Becher des Lebens bis zum Rande auskosten …“, sagte der Pfarrer gerade.

Wehmütig dachte Anja, wie recht er damit hatte. Ihr Vater war gestorben, wie er gelebt hatte, von einen Moment auf den anderen. Vor Alter und Krankheit hatte er immer Angst gehabt und ein gütiges Schicksal hat ihn davor bewahrt, sich dieser Angst stellen zu müssen. Beim Sprung über ein Hindernis warf ihn sein Pferd ab und er war so unglücklich gefallen, dass er sich das Genick gebrochen hatte.

Anjas Gedanken schweiften ab. Sie sah nicht mehr den Pfarrer und die vielen Menschen aus der Nachbarschaft, die ihrem Vater das letzte Geleit gaben. Vor ihrem inneren Auge erschien die vitale Gestalt ihres Vaters so, wie sie ihn geliebt hatte und wie er in ihrer Erinnerung weiterleben würde.

Ein leichtes Zupfen an ihrem Ärmel brachte sie wieder in die Gegenwart zurück. „Anja, komm." Lili schaute sie aus verweinten Augen an. „Alle warten darauf, dass wir als Erste ins Schloss zurückgehen."

Anja sah kurz auf und blickte in die wartenden Gesichter um sie herum. Schweigend ergriff sie Lilis Hand und ging mit ihr ins väterliche Schloss zurück. In kurzem, respektvollem Abstand folgte die Trauergesellschaft.

Später konnte Anja sich nicht mehr an Einzelheiten dieses Nachmittags erinnern. Wie ein Traum, verborgen hinter einem Schleier, lief alles vor ihr ab. Die zahlreichen Menschen, die an ihr vorbeigingen, um ihr das Beileid auszusprechen und ihr die Hand zu drücken. Es waren viele darunter, die ihren Vater seit Jahrzehnten gekannt und geschätzt hatten.

Nach dem Leichenschmaus, bei dem die engsten Freunde ein letztes Mal des Verstorbenen gedachten und sich seiner Vorzüge erinnerten, leerte sich nach und nach die große Halle von Altenburg. Als auch die letzten Gäste gegangen waren, stand Anja unschlüssig neben Lili. Fragend blickte sie Dr. Seiberg an, der seit vielen Jahren der Justitiar ihres Vaters war. Etwas abseits hatte sie auf einem Sofa ihren Vetter Theobald und seine Frau Mathilde entdeckt. Die beiden waren jetzt die letzten Verwandten, die ihnen geblieben waren.

Anjas und Lilis Mutter stammte aus St. Petersburg und nach ihrem Tod hatte es keine Verbindungen mehr nach Russland gegeben.

Dr. Seiberg verstand ihren fragenden Blick richtig.

„Ich habe Euren Herrn Vetter gebeten, noch hierzubleiben. Es gibt eine Menge mit der Erbschaft zu regeln und er ist euer nächster Blutverwandter. Euer Vater hat gewünscht, dass die Testamentseröffnung gleich nach seiner

Beisetzung stattfinden soll, und diesem Wunsch muss ich mich natürlich beugen."

Voller Missfallen blickte Anja zu Theobald hinüber. Sie hatte diesen Vetter nie leiden können. Er war ein aufgeblasener Dummkopf, der seinen Adelstitel über Gebühr wichtig nahm. Seine Frau war nicht viel besser. Als Tochter eines unbedeutenden Gutsbesitzers und konnte von Glück sagen, dass sie überhaupt einen Mann gefunden hatte. Ihr wenig anziehendes Gesicht wurde durch die blasierte Miene, die sie zur Schau stellte, nicht hübscher.

Zu Lebzeiten ihres Vaters waren die beiden häufiger zu Besuch auf Schloss Altenburg gewesen. Der verstorbene Graf war der Meinung, dass man in der Verwandtschaft zusammenhalten musste, auch wenn die Ansichten untereinander nicht von Harmonie geprägt waren. Aber im Grunde seines Herzens hatte er diesen hohlköpfigen Neffen niemals ausstehen können.

„Am besten gehen wir in die Bibliothek. Dort können wir alles Nötige besprechen." Anja hatte sich an Dr. Seiberg gewandt, ohne ihre Verwandten weiter zu beachten.

Schweigend standen die beiden von ihrem Sofa auf und folgten den Mädchen und dem Justitiar. Anja konnte die durchbohrenden Blicke in ihrem Rücken spüren.

Nachdem er Anja einen Sessel zurechtgerückt hatte, setzte sich Dr. Seiberg an den riesigen Mahagonischreibtisch, um seine Papiere auszubreiten.

Ein großer, rot versiegelter Umschlag lag vor ihm. Mit einer gewichtigen Geste hob der Justitiar ihn hoch, damit alle Anwesenden sich vom ordnungsgemäßen Zustand des verschlossenen Briefes überzeugen konnten.

Anja lehnte sich zurück und schloss die Augen. Wehmütig dachte sie an ihren Vater. Er hatte nie mit ihr über Erbangelegenheiten gesprochen, obgleich sie nach dem Tod der Mutter zu seiner engsten Vertrauten geworden war. Über das, was nach dem Tod des Vaters geschehen würde, hatte sie sich nie im Entferntesten Gedanken gemacht. Warum hätte sie das auch tun sollen? Ihr Vater würde für alles gesorgt haben, davon war sie überzeugt.

„Hm, hm." Dr. Seiberg räusperte sich und Anja öffnete die Augen. Pflichtschuldig bemühte sie sich zuzuhören.

Das Testament begann mit einer Reihe unwichtiger Formalitäten. Anjas Aufmerksamkeit begann wieder zu schwinden, als sie etwas hörte, das sie erstarren ließ.

„... da Schloss und Gut Altenburg Fideikommiss sind und nur männliche Nachkommen Besitzer werden können, wird mein Nachfolger der einzige Sohn meines jüngeren Bruders sein, Theobald Freiherr von Altenburg."

Der Justitiar legte eine Pause ein, da er gesehen hatte, welche Wirkung seine Worte auf die Anwesenden hatte.

Anja hatte sich aufgerichtet und blickte ihn verständnislos an. Nicht der Verlust des Besitzes an sich war es, was sie hatte erstarren lassen, sondern die Vorstellung, dieses Haus, in dem sie geboren worden war und das ihre einzige Heimat war, verlassen zu müssen.

Theobald vergaß für einen Augenblick die guten Manieren, die man ihm beizubringen versucht hatte. Er war aufgesprungen, seine ungläubig dreinblickende Frau mit sich hochziehend und hatte ausgerufen: „Das gehört jetzt alles mir!"

Triumphierend blickte er Anja an. „Hast du gehört, Cousine? Ich bin jetzt der Graf von Altenburg und alles hier gehört mir!"

Dr. Seiberg räusperte sich erneut, es schien ihm an der Zeit, den Rest des Testaments zu verlesen. „Die Meierei in Freistadt, die meine Mutter in die Familie gebracht hat und die deshalb nicht unter die Altenburgschen Erbgesetze fällt, geht zu gleichen Teilen an meine beiden Töchter Anja und Lili …"

Der Justitiar las weiter. Nun folgten die Summen, die der verstorbene Freiherr seinen treuen Dienstboten ausgesetzt hatte, um sie für ihre Dienste zu belohnen.

Mitleidig sah Dr. Seiberg die beiden Mädchen an. Es war hart für sie, so schnell nach dem geliebten Vater nun auch noch die Heimat zu verlieren. Denn über eines machte sich der erfahrene Justitiar keine Illusionen: Vetter Theobald würde die Mädchen so schnell wie möglich an die Luft setzen.

Er kannte Menschen dieses Schlages nur zu gut. Viel zu sehr würde der neue Graf das Gefühl genießen, endlich herrschen zu können. Und seine Frau würde ihm in nichts nachstehen – bei ihr kam noch die Eifersucht einer hässlichen Frau auf zwei hübsche Mädchen hinzu.

Theo stand auf und stellte sich vor Anja in Positur. „Jetzt bin ich der Herr hier und ihr habt mir zu gehorchen." Seine Augen glitzerten böse. „Ich wünsche, dass ihr schon morgen hier auszieht. Euer Zuhause ist jetzt die Meierei", sagte er hämisch, „dort werdet ihr es nicht mehr so schön haben wie hier auf dem Schloss. Mathilde und ich beziehen natürlich schon heute das Hauptschlafzimmer, nicht wahr, meine Liebe?"

Mathilde nickte stumm.

Anja begann sich von der unglaublichen Mitteilung zu erholen und Theos gehässiges Verhalten half ihr dabei. „Ich gratuliere dir zu dieser Erbschaft. Ich muss wohl nicht betonen, dass es selbstverständlich ist, dass Lili und ich so schnell wie möglich ausziehen, um euch Platz zu machen. Da es allerdings kaum möglich sein wird, noch heute umzuziehen, sind wir wohl gezwungen Eure liebenswürdige Einladung anzunehmen.“ Sie musterte ihren Vetter kalt. „Wir verbringen die heutige Nacht im Schloss. Aber wir werden nichts unversucht lassen, um unseren Umzug so schnell wie möglich über die Bühne zu bringen, damit wir euch nicht länger mit unserer Gegenwart belästigen.“

Der Sarkasmus in ihrer Stimme war unüberhörbar, aber Theo reagierte nicht darauf. Stattdessen reckte sich Mathilde hoheitsvoll, was ihre plumpe Figur noch drastischer zur Geltung brachte. „Du könntest wirklich etwas freundlicher zu uns sein, schließlich haben wir ab jetzt das Sagen, vergiss das nicht.“

Anja würdigte sie keines Blickes, sondern wandte sich dem Justitiar zu, der die Szene mit offensichtlichem Abscheu verfolgt hatte. „Ich danke Euch für die Dienste, die Ihr meinem Vater so lange geleistet habt. Darf ich die Bitte aussprechen, dass Ihr die rechtlichen Angelegenheiten meiner Schwester und mir auch weiterhin in bewährter Weise regeln wollt?“

Dr. Seiberg verbeugte sich leicht. „Ihr könnt jederzeit auf meine Dienste zählen.“ Dann wandte er sich an Theobald: „Ich weise Euch darauf hin, dass das Gesetz den beiden Schwestern eine Woche Zeit gibt, um ihre Angelegenheiten zu regeln, ihre Sachen zusammenzupacken und das Schloss zu verlassen.“

Theos Gesicht rötete sich vor Wut, aber ehe er antworten konnte, sagte Anja ruhig. „Vielen Dank, Doktor Seiberg, so viel Zeit werden wir nicht benötigen. Ich hoffe, dass wir morgen Abend fertig sein werden, allenfalls übermorgen. Ich möchte die Gastfreundschaft meines Vetters nicht über Gebühr beanspruchen.“

Mit einem kurzen Nicken verabschiedete sie sich und verließ gemeinsam mit Lili den Raum. Kaum hatte sich die Türe hinter ihnen geschlossen, packte ihre Schwester sie am Arm. „Wir müssen weg von hier? Und Theo und seiner abscheulichen Frau gehört jetzt unser Schloss?“

Lilis Stimme überschlug sich beinahe und in ihren Augen stand ein flehentlicher Ausdruck. Anja zog sie in die Arme und streichelte ihren Rücken. „Ja, so ist es. Auch wenn es schwer zu verstehen ist, aber Theo ist der Erbe des Schlosses und des Titels.“

„Nur weil er ein Mann ist?“ Lili machte sich los und zog die Brauen zusammen.

„Ja, weil er ein Mann ist.“

„Das ist ungerecht.“

„Aber wir können es nicht ändern. Morgen früh fangen wir an zu packen und bringen unsere Sachen hinüber in die Meierei. Wir werden es uns dort gemütlich machen und bestimmt sehr glücklich sein. Theo dagegen …“

„ … muss hierbleiben mit Mathilda und wird ganz und gar nicht glücklich sein.“ Lili grinste von einem Ohr zum anderen und brachte damit auch Anja zum Lächeln.

„Weißt du, ich wollte es dir nicht sagen, aber …“ Lili brach ab und wurde ernst. „Ich bin nicht traurig, dass wir hier weg müssen. Hier war es im Winter oft kalt, und die langen Gänge … als ich kleiner war, habe ich mich oft verlaufen. Aber ich weiß, du bist gerne hier, und deshalb wird es dir schwerfallen, anderswo zu leben, nicht wahr?“

Sie sah ihre Schwester vertrauensvoll an und wieder einmal war Anja von der einfühlsamen Art der Kleinen überrascht. Sie hatten nicht viel gemeinsam, was nicht nur am großen Altersunterschied lag. Lili war die Ruhige, Schüchterne, die keinen Spaß an großen Festen hatte und lieber einen Salon dekorierte oder an einem Bild stickte. Ihr Vater hatte ihr immer ihren Willen gelassen und sie nie gezwungen, an Jagden oder pompösen Abendessen teilzunehmen.

„So lange wir beide zusammen sind, wird es mir nicht schwerfallen, das Schloss zu verlassen“, sagte sie und nahm die Hand ihrer Schwester.

„Wir beide zusammen, wir schaffen alles, das kann kein Theo und keine Mathilde zunichtemachen.“

2

Als Anja am nächsten Morgen aufwachte, war von ihrer Zuversicht nichts übrig geblieben. Sie stand vor den Scherben ihrer bisherigen Existenz und war außerdem verantwortlich für ihre kleine Schwester. Und es gab niemanden mehr, den sie um Rat und Hilfe fragen konnte.

Am liebsten hätte sie sich die Decke über den Kopf gezogen, um den Tatsachen nicht gegenübertreten zu müssen. Aber sie wusste, dass sie sich nicht verkriechen durfte. „Ich darf mich nicht gehen lassen“, murmelte sie. „Ich bin alles, was Lili geblieben ist.“

Sie rappelte sich auf und erledigte ihre Morgentoilette ohne nach der Zofe zu läuten. Vermutlich hatte Mathilde das Personal bereits instruiert und sie wollte die langjährigen Bediensteten nicht in einen Zwiespalt treiben.

Während sie die Treppe zum Esszimmer hinunterging, schickte sie ein stilles Gebet zum Allmächtigen, dass ihre Verwandten noch im Land der Träume weilten, damit sie ihr Frühstück ungestört einnehmen konnte. In Theos und Mathildes Gesichter zu blicken, hätte ihr den ohnehin schwachen den Appetit völlig verdorben.

Sie öffnete die Türe zum Speisezimmer und blieb wie angewurzelt stehen. Das konnte nicht wahr sein. Das durfte nicht wahr sein.

Die Schubladen der Anrichten waren herausgezogen, Tischwäsche und Tafelsilber lagen wild durcheinander auf dem langen Esstisch und den Stühlen. Fassungslos ließ Anja den Blick über das Chaos wandern, bis sie Mathilde entdeckte, die mit einem Federhalter beim Fenster stand.

„Was hat das zu bedeuten?“ Nur mit Mühe gelang es Anja Ruhe zu bewahren und nicht hinüberzulaufen und Mathilde an den Schultern zu packen und zu schütteln, bis ihre Haarnadeln zu Boden rieselten.

Mathilde wurde rot, doch dann straffte sie die Schultern, um ihrer Stellung als Schlossherrin Nachdruck zu verleihen. „Ich zähle das Tafelsilber und die Tischwäsche."

„Und warum tust du das?"

„Um sicherzugehen, dass du nichts mitnimmst, was dir nicht gehört."

Anja war so verblüfft über diese Unverschämtheit, dass ihr keine passende Antwort einfiel. Sie starrte Mathilde ungläubig an, die nun doch den Kopf zwischen die Schultern duckte als erwarte sie einen Schlag.

Als sie endlich wieder einen klaren Gedanken fassen konnte, sagte Anja schneidend: „Es ist traurig, dass du deine niedrigen Gewohnheiten auch als Herrin von Altenburg nicht ablegen kannst und von deinem eigenen Verhalten auf das deiner Mitmenschen schließt. Mein Vater hat mich so erzogen, dass ich nichts nehme, was mir nicht gehört. Dasselbe gilt natürlich auch für Lili." Sie verschränkte die Arme vor der Brust. „Im Falle des Silbers und der Tafelwäsche muss ich dir allerdings mitteilen, dass es meine Mutter mit in die Ehe gebracht hat und dass es deshalb mir und meiner Schwester gehört. Du kannst dir also die Mühe sparen, darüber Buch zu führen, ich lasse es gleich einpacken und wegbringen."

Mathilde warf den Federhalter auf den Tisch. „Das könnte dir so passen, einfach mit meinem Silber zu verschwinden. Deine Mutter ist seit fünfzehn Jahren tot, dein Vater seit vier Tagen, wer soll also deine Worte bestätigen? Da könnte ja jeder kommen und …"

Anja zog scharf die Luft ein, um die angestaute Wut zu kontrollieren und Mathilde nicht einfach am Hals zu packen und zu erwürgen. Stattdessen griff sie nach einem Silbermesser und hielt es hoch. „Das Silber ist graviert und zwar mit dem Wappen der Owtscharows, der Familie meiner Mutter. Ebenso ist das Leinen mit den Initialen meiner Mutter bestickt. Aber vielleicht hat dir ja niemand Lesen und Schreiben beigebracht."

„Was fällt dir ein, so mit meiner Frau zu sprechen?" Unbemerkt hatte Theo hinter Anja das Esszimmer betreten.

„Ich spreche mit deiner Frau wie mit jemanden, der vor lauter Habsucht blind und taub geworden ist." Sie blickte Theo, der sich schützend zu seiner Frau stellte, zornig an. „Du weißt genau, dass das Silber und das Leinen zur Aussteuer meiner Mutter gehörte. Oder willst du das abstreiten?"

Theo schien zu zögern, gab aber schließlich nach. „Das Tafelsilber und die Tafelwäsche sollen Lili und dir gehören. Nach so langer Zeit rechnet man das natürlich zum Schlossbesitz, aber ich will kein Unmensch sein, der dir mehr nimmt als nötig."

Er blickte Anja an, als erwarte er Dank dafür.

„Wie schön." Sarkasmus tropfte aus Anjas Stimme.

„Sie wird dir alles aus dem Haus tragen, was nicht niet- und nagelfest ist", keifte Mathilde. „Willst du dabei wirklich tatenlos zusehen?"

Angewidert verzog Anja den Mund. „Natürlich kannst du jeden Koffer und jede Kiste inspizieren, die Lili und ich mitnehmen, ehe sie verladen werden."

Mit diesen Worten drehte sie sich um und verließ den Speisesaal. In der Halle begegnete ihr Sophie, eine der Zofen. „Bring mir ein kleines Frühstück auf mein Zimmer, oder besser gleich zwei, ich werde mit Lili essen."

Lili war schon wach, wie Anja merkte, als sie die Tür zum Zimmer ihrer Schwester öffnete. Ihre Augen waren noch immer verschwollen und sie sah nicht aus, als hätte sie eine gute Nacht gehabt. Sie legte ihren Kopf an Anjas Schulter, als diese sich zu ihr aufs Bett setzte.

„Wir müssen von hier weg. Je eher desto besser." Mit wenigen Worten erzählte sie von dem Vorfall im Speisezimmer.

Lili rieb ihre Oberarme, als ob sie friere. „Wie gemein. Wenn Vater das erlebt hätte …"

„Dann wäre sein Kummer noch größer gewesen. Es muss ihm sehr schwer gefallen sein, Theo zum Erben des Titels und seines geliebten Altenburg zu machen. Mit der Ungewissheit, dass dieser Idiot es in ein paar Jahren zu Grunde gerichtet haben wird. Aber Papa hat die Hausgesetze nicht gemacht und hatte auch nicht die Befugnis, sie zu ändern. Wir müssen die Dinge so nehmen, wie sie sind."

„Immerhin hat sich die gierige Mathilde zu früh über das Silber gefreut." Unverhohlene Schadenfreude blitze in Lili Augen auf.

Froh, dass ihre Schwester nicht länger Trübsinn blies, lächelte Anja sie an. „Ja, in der Tat, daran wird sie noch eine Weile zu kauen haben."

Da es an der Tür klopfte, stand sie auf und ließ die beiden Zofen eintreten, die das Frühstück brachten. Nachdem sie sich gestärkt hatten und Lili ein einfaches Tageskleid angezogen hatte, machten sie sich daran, die Sachen zusammenzupacken, die sie in die Meierei mitnehmen wollten.

Dieses Unterfangen erwies sich als langwieriger, als die beiden gedacht hatten. Die Sachen, die ihre Mutter in die Ehe eingebracht hatte und die deshalb ihnen gehörten, waren über das ganze Schloss verstreut. Es würde seine Zeit dauern, bis man alles zusammengesucht hatte.

„Wir werden es nicht bis heute Abend schaffen", sagte Anja schließlich resignierend. „Und wir brauchen Hilfe. Ich werde Franz und Helene bitten, uns zu helfen. Sie sind über dreißig Jahre lang hier auf Altenburg. Sie wissen bestimmt, welche Dinge unserer Mutter gehören."

Gemeinsam mit dem Diener und der Hausdame gingen sie durch die Räume und trugen die Utensilien zusammen. Als sie dabei auf Mathilde trafen, entspann sich wieder ein Disput.

„Diebstahl, das ist Diebstahl", zeterte die neue Herrin von Altenburg schließlich.

Anja war mit ihrer Geduld am Ende. „Ich wiederhole, dass wir nichts mitnehmen werden, was uns nicht gehört. Oder wäre es dir lieber, wenn ich Dr. Seiberg kommen lasse, damit er dir nochmals den Sachverhalt erklärt? Allerdings würde sich dadurch unser Aufenthalt hier verlängern. Bist du sicher, dass du das willst?"

Mathilde sah sie böse an, schwieg aber.

Erleichtert wandte sich Anja an Helene und Franz. „Ihr könnt wieder an eure Arbeit gehen, ich danke für eure Hilfe."

„Die beiden sind entlassen, ich will euch auf Altenburg nicht mehr sehen. Verschwindet noch heute. Theobald wird euch euren restlichen Lohn auszahlen, und dann habt ihr das Schloss zu verlassen."

Ungläubig starrten die beiden alten Leute Mathilde an. „Aber wo sollen wir hin, gnädige Frau? Seit wir denken können sind wir hier. Schon mein Vater hat für die Schlossherren von Altenburg gearbeitet", sagte Franz mit zitternder Stimme, während Helene nur stumm zu Boden blickte.

„Was kümmert das mich?" Mathilde zuckte die Schultern.

„Ihr kommt mit uns in die Meierei", sagte Anja entschlossen. „Dann sehen wir weiter."

„Ja, geht nur, Hauptsache ich muss eure Gesichter nicht mehr ertragen." Sie straffte die Schultern und sah Anja kalt an. „Für Gesindel ist hier kein Platz."

Anja spürte wie eine Ader an ihrer Stirn schwoll. Vor ihren Augen begannen rote Sternchen zu tanzen. Nur wegen Lili, die die Auseinandersetzung bang verfolgte, hielt sie ihren Mund.

„Komm, wir packen weiter.“ Sie nahm die Hand ihrer Schwester und zog sie aus dem Zimmer.

Doch ihre Wut legte sich nicht, so sehr sie auch versuchte, sich zu beherrschen und sich auf das Einräumen der Truhen zu konzentrieren Sie brauchte frische Luft, die Weite der Felder und Wiesen, sonst würde ihr Kopf explodieren. Ein scharfer Ritt war genau das, was ihr helfen würde.

Allerdings konnte sie nicht einen Tag nach der Beerdigung ihres Vaters wild durch die Gegend galoppieren. Das schickte sich nicht. Schon gar nicht, wenn sie ohne Begleitung ausritt. Und Lili hegte keine große Liebe zu Pferden, sie fuhr lieber in einer Kutsche statt zu reiten, wenn es denn sein musste.

Sehnsüchtig blickte Anja durchs Fenster und dann kam ihr eine Idee. „Ich brauche frische

Luft", sagte sie zu Lili. „Ich muss meinen Kopf freibekommen, um besser nachdenken zu können."

Lili nickte. „Ich mache hier weiter, bis du wiederkommst."

Anja ging in das Zimmer ihres Vater. Alles war wie immer, seine Aura lag über allem. Nicht einmal Theo hatte es gewagt, sich hier einzuquartieren. Sie öffnete die Tür zum Ankleideraum und sah sich um. Die Kästen und Truhen waren feinsäuberlich mit den Kleidern ihres Vaters gefüllt und nach kurzem Stöbern hatte sie gefunden, was sie suchte. Seine Reitanzüge.

Sie streifte ihren Rock samt Unterröcken ab und stieg in die Hose, die sie mit dem Gürtel passend machen konnte. Das Hemd zog sie über ihrer Bluse an, darüber die bestickte Weste und damit saß auch die Jacke einigermaßen passabel. Dazu wählte sie ein grünes Barett und versteckte ihre blonden Locken darunter.

Kritisch musterte sie sich im Spiegel. Von Ferne würde man sie für einen jungen Mann zu

Pferde halten und das musste reichen. Sie schlich über die Dienstbotentreppe und marschierte mit gesenktem Kopf zum Stall.

Hugo, der Pferdeknecht war gerade damit beschäftigt, die Zaumzeuge zu polieren. Als er Anja erblickte, fiel ihm die Kinnlade hinunter. „Gnädiges Fräulein …“

Anja legte den Finger auf die Lippen. „Sag niemandem, dass du mich gesehen hast. Ich brauche einen Ausritt, sonst werde ich noch verrückt.“

Ein verständnisvolles Lächeln erschien auf dem Gesicht des Mannes. „Ich sattle Hannibal für Euch, es dauert nur ein paar Minuten.“

Anja folgte ihm in die Stallungen, damit sie niemand im Hof herumstehen sah. Hugo führte einen gesattelten Braunen zu ihr und reichte ihr die Zügel. „Soll ich nicht doch mitkommen, gnädiges Fräulein?“

„Nein, ich muss eine Weile alleine sein und meine Gedanken ordnen.“ Sie lächelte Hugo an und schwang sich auf den Rücken des Pferdes. Der Kies spritzte unter den Hufen des Tieres auf, als sie über den Hof galoppierte und schließlich den breiten Zufahrtsweg des Schlosses entlang zu den Feldern.

Der Wind strich ihr übers Gesicht und sie duckte sich tiefer über den Hals des Pferdes. Ihr Vater hatte immer gesagt, dass ein scharfer Ritt die beste Medizin gegen Kummer aller Art sei, und Anja konnte nicht umhin, ihm Recht zu geben.

Sie berührte Hannibals Flanke leicht mit der Gerte und schon schoss der Hengst querfeldein über die abgeernteten Felder. Anja vergaß auf Weg und Zeit. Erst nach geraumer Weile wurde ihr bewusst, dass sie den Grund von Altenburg schon längst verlassen haben musste. Doch sie kannte sich in der Gegend, in der sie ihr ganzes Leben verbracht hatte, so gut aus, dass sie sich keine Gedanken darüber machte.

In ihrer Freude über die plötzliche ungezähmte Freiheit übersah sie allerdings die dunklen Wolken, die sich am Himmel zusammenschoben. Ehe sie es sich versah, war eine düstere Gewitterwand hinter den Wäldern aufgetaucht und schnell fielen die ersten Regentropfen auf ihr erhitztes Gesicht.

Ohne in Panik zu geraten überlegte sie, was zu tun war. Das Gut des nächsten Nachbarn lag nicht weit entfernt und da ihr Vater immer Wert auf gute Beziehungen gelegt hatte, war sie dort bestimmt willkommen und konnte das Unwetter in Ruhe abwarten.

Gerade als sie Hannibal wenden wollte, fiel ihr siedend heiß ein, dass sie in ihrer Verkleidung nicht bei den Nachbarn auftauchen konnte. Nicht, wenn sie weiterhin einen makellosen Ruf behalten wollte und das war in der gegenwärtigen Lage wichtiger als jemals zuvor.

Der Regen klatschte in schweren Tropfen auf ihre Mütze und die Jacke. Sie musste eine Entscheidung treffen und zwar rasch.

Kurz entschlossen ritt sie auf die Landstraße zurück. Zum nächsten Dorf war es nicht weit. Sie würde das Gewitter eben im Dorfgasthof abwarten.

3

Anja betrat den Gastraum mit großen Schritten, blickte sich kurz um und setzte sich dann an einen Tisch, der in einer dunklen Ecke lag. Erst als der Wirt auf sie zu schlurfte, fiel ihr ein, dass sie kein Geld bei sich hatte.

Sie zog das Barett, das sich durch den Regen in eine formlose Mütze verwandelt hatte, tiefer in die Stirn und sagte mit heiserer Stimme: „Ich bin Gast auf Schloss Altenburg und habe mich im Wald verirrt. Ich will nur das Gewitter abwarten, dann reite ich weiter. Du musst dir keine Umstände machen, ich bin noch satt vom Mittagessen."

Der Wirt zuckte die Schultern und schlurfte wieder zu seinem Platz hinter der Schank.

Verlegen blickte sich Anja um. Natürlich hatte sie noch nie einen Dorfgasthof von innen gesehen und sie fühlte sich vollkommen fehl am Platze.

An den Tischen saßen Bauern mit ihren Taglöhnern. Sie tranken Bier und lachten lautstark über Dinge, die Anja nicht verstand. An einem anderen Tisch wurde gewürfelt. Zu ihrer Erleichterung kannte sie keinen der Männer, die sie aber ohnehin nicht beachteten.

Sie lehnte den Kopf an die Wand, schloss die Augen und versuchte zu ignorieren, dass die Nässe durch ihre Jacke kroch.

Die Tür fiel ins Schloss und feste Schritte wurden laut. Anja öffnete die Augen wieder. Der Ankömmling reichte dem Wirt seinen nassen Dreispitz und den weiten Mantel, aus dem kleine Rinnsale zu Boden sickerten. Der elegante Reitanzug, den er darunter trug, verriet ebenso wie die teuren Stiefel, dass er aus gutem Hause stammte.

Der Fremde sah sich mit einem angewiderten Ausdruck um, der sich noch verfinsterte, da kein Tisch frei war und die anderen Gäste lautstark in ihre Unterhaltung vertieft waren.

Sein Blick fiel auf Anja, die alleine an ihrem kleinen Tisch saß. Schnell blickte sie weg und zog die Mütze noch ein Stück tiefer in die Stirn. Beim Gedanken, dass sich der Mann zu ihr setzen könnte, wurde ihr unbehaglich zumute und sie hoffte inständig, dass er sich einen Sessel zur Schank ziehen würde.

Aber sie hoffte vergeblich. Er stand vor ihrem Tisch und sie musste wohl oder übel aufblicken.

Er musterte ihre Kleidung, die verriet, dass sie kein Bauernjunge sein konnte. „Seid Ihr auch vom Gewitter überrascht worden?“

Sie nickte knapp und legte wieder einen heiseren Ton in ihre Stimme. „So ist es.“

Er setzte sich ungefragt auf den Stuhl ihr gegenüber, streckte die Beine aus und orderte beim Wirten ein Stück Braten mit Gemüse und Kartoffeln sowie einen Krug Wein.

Der Mann verzichtete darauf, Konversation zu machen, was Anja ganz recht war. Sie schloss wieder die Augen und gab vor zu dösen. Erst als der Teller mit dem duftenden Mahl auf dem Tisch stand, merkte sie, dass ihr Magen vor

Hunger knurrte. Sie versuchte, sich nichts anmerken zu lassen, musterte den Teller aber mit gesenkten Lidern.

Die langen Finger des Mannes handhabten das Besteck routiniert, am kleinen Finger trug er einen Siegelring, sonst keinen Schmuck. Auch die Spitzen an den Handgelenken seines Hemdes waren eher schlicht, wenn man die gängige Mode als Maßstab nahm.

Schließlich war der Teller leer und der Mann schob ihn in die Tischmitte. Bei dem leisen Geräusch öffnete Anja die Augen.

„Verzeiht, ich wollte Euch nicht wecken." Er lächelte sie an, was den regelmäßigen Zügen seines Gesichts sehr schmeichelte. Er hatte dichtes dunkles Haar und helle Augen, die aussahen wie flüssiges Silber, und die seinem Blick etwas Durchdringendes verliehen.

Anja machte eine wegwerfende Handbewegung.

„Wollt Ihr denn nichts essen? Es kann noch Stunden dauern, bis das Gewitter vorbeigezogen ist."

Unwillkürlich fragte sich Anja, ob man ihr den Hunger tatsächlich ansah oder ob er nur höflich sein wollte. „Leider habe ich kein Geld bei mir. Ich war nur auf einen kurzen Ausritt eingestellt."

„Ach, wenn's weiter nichts ist ..." Er winkte dem Wirt. „Bringen Sie dem Junker die gleiche Platte und einen Krug Wein dazu."

„Ich danke Euch, Herr ..." Anjas Lächeln kam von Herzen und sie hatte Mühe, nicht alles in sich hineinzuschlingen, als der Teller dann vor ihr stand.

„Martin ..." Der Rest des Namens ging in einer Lachsalve der Nachbartische unter. „Hättet Ihr doch etwas gesagt, Junge, das muss ja die Hölle gewesen sein, mir beim Essen zuzusehen. Seid Ihr hier aus der Gegend?"

Anja antwortete mit vollem Mund, so undeutlich wie möglich. „Mein Name ist Tristan von Wolkenstein. Ich bin Gast auf Schloss Altenburg und das Gewitter hat mich überrascht."

Er lachte. „Dann sind wir wohl Leidensgenossen.“ Offenbar hatte er nur den letzten Teil des Satzes verstanden.

Das Gewitter nahm kein Ende. Die Stunden vergingen, der Nachmittag machte dem Abend Platz. Die Bauern und Taglöhner beschlossen, im Wirtshaus zu übernachten.

„Ich schätze, uns wird auch nichts anderes übrig bleiben.“ Martin streckte sich gähnend.

Anja unterdrückte bei seinen Worten ein Schaudern. Sie hoffte, dass die schwache Beleuchtung ihr Erröten verbarg. Notgedrungen hatte sie ihm in den letzten Stunden eine Lügengeschichte nach der anderen aufgetischt. Sie hatte sich als Kadett ausgegeben, der einen Familienbesuch auf dem Lande machte und diese Geschichte mit Fortdauer des Gewitters immer detailreicher ausgeschmückt. Schließlich hatte sie sogar den Würfelbecher vom Wirt kommen lassen und sie hatten sich mit den Spielchen die Zeit vertrieben. Und jedes Mal, wenn ihr Gegenüber wegsah, hatte sie die Mütze tiefer in die Stirn gezogen.

Aber jetzt löste sich die angenehme Stimmung auf. Ihre Vorstellung, wie sich eine Nacht hier in der Schenke verbringen ließ, war nur undeutlich und etwas in ihr weigerte sich, über die Einzelheiten nachzudenken.

Voller Hoffnung schob sie den Vorhang zur Seite, doch der Himmel hatte kein Erbarmen. Der Sturm ließ die Regentropfen an die Scheiben prasseln wie Kieselsteine und Blitze zerrissen die undurchdringliche Schwärze der Nacht.

„Wir sollten den Wirt nach Zimmern fragen, so lange es noch welche gibt und uns aufs Ohr legen. Morgen, nach einem guten Frühstück, sieht die Welt bestimmt anders aus."

Anja zuckte die Schultern und ergab sich in ein ungewisses Schicksal, während Martin dem Wirt ein Zeichen machte.

„Wir möchten zwei Zimmer", sagte er dann zu dem Mann.

„Bedauere, wir sind nicht auf Übernachtungen eingestellt. Von den drei Zimmern, die ich zur Verfügung habe, sind zwei bereits belegt. Das freie könnt Ihr gerne haben. Gegen Vorkasse natürlich."

Anja wurde ganz flau. „Ich bin noch gar nicht müde. Und wenn, dann kann ich auch hier unten schlafen", murmelte sie. „Ich will Eure Nachtruhe nicht stören."

„Kommt gar nicht in Frage." Martin sah sie bei seiner Antwort nicht einmal an. „Hier unten stehen nur harte Sessel."

„Ich kann eine zweite Matratze neben das Bett legen lassen", warf der Wirt ein, dem offenbar klar wurde, dass er von diesem Gast ein hübsches Sümmchen kassieren konnte und für zwei Gäste in einem Zimmer glatt das Doppelte.

„Ausgezeichnet." Martin stand auf und streckte sich. „Dann wollen wir unsere Unterkunft einmal in Augenschein nehmen."

Mit hängenden Schultern folgte Anja Martin und dem Wirt. Sie zermarterte sich das Gehirn nach einem Ausweg und fand keinen.

Das Zimmer war winzig. Sogar die Besenkammern auf Schloss Altenburg waren größer. Außer dem Bett befand sich nur ein Waschtisch mit einem Sessel im Raum.

Beklommen sah sich Anja um. Diese elende Kammer war für einen Kutscher gut genug, der seinen Rausch ausschlafen wollte. Nicht für einen Edelmann, wie es Martin zweifellos war. Sie wandte sich zur Tür. „Ich bleibe unten, die Matratze kann ja auch unten ausgelegt werden. Dann habt Ihr mehr Platz."

Sie kam nicht weit, da zwei Burschen hintereinander die schmale Treppe hinaufstapften, um die Matratze herbeizuschleppen.

„Am besten da, gleich neben dem Bett", befahl Martin, ohne auf Anjas Einwand einzugehen.

Die Burschen legten die Matratze zurecht, drapierten ein Laken darauf und brachten schließlich noch eine Federdecke. Martin, der bereits dem Wirt einige Münzen in die Hand gezählt hatte, gab auch ihnen etwas. Sie verneigten sich untertänig und verschwanden schließlich.

Anja saß auf dem wackeligen Stuhl. Sie war erschöpft und hatte keine Kraft für weitere Auseinandersetzungen. Die Enge des Raumes nahm ihr den Atem und zum ersten Mal fiel ihr Martins alles dominierende Ausstrahlung auf, die die Enge der Kammer noch beklemmender machte. Anja fühlte sich eingesperrt, gefangen in einer ausweglosen Situation.

Was sollte sie tun? Martin die Wahrheit sagen und darauf vertrauen, dass sie ihn nie wiedertraf? Dann würde er unten in der Schank schlafen, die Wirtsleute würden sich das Maul zerreißen und irgendwie würden irgendwann alle in der Umgebung wissen, dass die Komtess von Altenburg in Männerkleidern in einem Dorfgasthof genächtigt hatte. Am Tag, nachdem ihr Vater zu Grabe getragen worden war.

„Ich nehme die Matratze." Ihr Ton duldete keinen Widerspruch.

„Wie Ihr wollt", erwiderte ihr Gegenüber erstaunlich friedfertig. „Aber vorher helft Ihr mir noch, mich von meinen Stiefeln zu befreien."

Anja blickte auf die hohen schwarzen Reitstiefel, unterdrückte ein Seufzen und stand auf. Sie wartete, bis sich Martin auf den Stuhl gesetzt hatte und stellte sich vor ihm hin.

Zu ihrer Überraschung begann er zu lachen. „Na, was bringt man Euch denn heutzutage bei der Armee bei? Oder haben Kadetten jetzt schon Wichtigeres zu tun, als den Offizieren beim Stiefelausziehen zu helfen?"

Sie verstand nicht, was er wollte und stemmte deshalb abwartend die Arme in die Hüften. Noch immer erheitert beschrieb er mit dem Zeigefinger einen Kreis und Anja drehte sich gehorsam um.

„Beine auseinander."

Einen Augenblick später sah sie seinen Stiefel zwischen ihren Knien und begriff. Sie bückte sich und packte zu. Gleichzeitig spürte sie einen heftigen Tritt auf ihrem Allerwertesten und stolperte vorwärts.

Wie durch ein Wunder gelang es ihr, das Gleichgewicht zu halten und nicht zu Boden zu stürzen. Auch die Mütze war an ihrem Platz geblieben. Mit einer Mischung aus Wut und Überraschung drehte sie sich zu ihm um.

„Und jetzt der zweite."

Ehe sie ihm die Antwort geben konnte, die ihr auf der Zunge lag, hatte er das andere Bein zwischen ihre Knie gestreckt.

Diesmal fiel es ihr leichter, stehen zu bleiben, da sie wusste was kam. Mit dem Stiefel in der Hand drehte sie sich zu ihm um und war fest entschlossen, ihm die Meinung zu sagen.

„Danke." Sein Lächeln entwaffnete sie.

Ohne ein Wort reichte sie ihm den Stiefel und setzte sich abwartend auf die Matratze. Da sie nur Halbschuhe trug, brauchte sie keine Hilfe. Kurz überlegte sie, was sie noch alles ausziehen konnte ohne Verdacht zu erregen und entschloss sich dann, in ihren Sachen zu schlafen. Das Barett hatte sich beim Trocknen eng um ihren Kopf gelegt und verbarg ihre Locken. Natürlich konnte Anja die Mütze nicht abnehmen. Sie seufzte und blickte auf. Im selben Moment wurden ihre Augen groß wie Untertassen.

Martin hatte sein Hemd über die Lehne des Stuhls gelegt und stand vor dem Waschtisch. Natürlich hatte Anja noch nie einen nackten Mann gesehen, besser gesagt, die nackte Brust eines sonst bekleideten Mannes.

Ihre Wangen wurden heiß und ihr Herzschlag begann zu rasen, als sie ihn eingehend musterte. Er hatte breite Schultern und Oberarme, unter denen sich die Muskeln abzeichneten, während er sich mit dem Waschtuch abrieb. Seine Brust war mit dichtem schwarzen Haar bedeckt, das seine Brustwarzen umrahmte und sich nach unten hin immer weiter verschmälerte bis ein dünner Streifen im Bund seiner Hose verschwand.

Anja wollte das nicht sehen. Sie wollte nicht. Aber sie konnte einfach nicht wegsehen. Erst als er das Waschtuch achtlos beiseite warf und frisches Wasser in die Schüssel goss, wurde ihr bewusst, wie ungebührlich ihr Anstarren war.

Sie warf sich auf die Matratze, rollte sich zur Seite und presste die Augen zusammen. Aber das Bild verschwand nur zögerlich.

„Wascht Ihr Euch nicht?“

„Nein, ich bin zu müde." Wie sollte sie diese Nacht überstehen, ohne dass der Mann die Wahrheit erfuhr?

„Und zum Ausziehen seid Ihr ebenfalls zu müde?"

Jeder Muskel in Anjas Körper war angespannt. „Ja. Und mir ist kalt. Und jetzt will ich schlafen. Ihr löscht doch die Kerze?"

Sie hörte ihn leise lachen. „Natürlich, dann wünsche ich eine geruhsame Nacht, Junker Tristan."

4

Martin streckte sich auf dem Bett aus und starrte in die Dunkelheit. Er zweifelte daran, dass er in dieser Nacht ein Auge zubekam.

Zum hundertsten Mal fragte er sich, warum er das Spiel mitspielte, das die nur ein paar Handbreit von ihm entfernt liegende Frau angefangen hatte.

Es hatte eine Weile gedauert, bis er hinter ihre Verkleidung blickte, aber die kleinen gepflegten Hände, die den Würfelbecher hielten, konnten keinem Mann gehören, egal wie jung er auch sein mochte.

Ursprünglich hatte er vorgehabt, ihr das Zimmer zu überlassen, aber dann hatte der Wirt so schnell die Matratze bringen lassen, dass ihm nichts mehr einfiel, womit er einen eleganten Abgang glaubhaft machen konnte.

Außerdem war er neugierig, wie die Sache weitergehen würde. Was bewog das Mädchen wohl, sich in einer derartigen Verkleidung herumzutreiben? Und wie weit würde sie gehen, um ihre Maskerade aufrecht zu erhalten?

Wer war sie wohl? Ihre Manieren verrieten ihre Kinderstube ebenso wie ihre kultivierte Sprechweise. Da sie mit ihm mühelos Konversation geführt hatte, musste sie aus einer besseren Familie stammen, Landadel oder vermögendes Bürgertum. Über ihr Äußeres konnte er nicht viel sagen, da sie ihr Gesicht immer möglichst im Schatten gehalten und die Mütze bis zu den Augenbrauen gezogen hatte.

Er rollte sich auf die andere Seite. War sie auf der Flucht vor jemandem oder vor etwas? Wollte man sie verheiraten? Bedrohte man ihr Leben? Oder war es einfach nur die Laune eines verwöhnten jungen Mädchens? Die Suche nach einem Abenteuer?

Langeweile verleitete manche Frauen oft zu den unmöglichsten Tagen, das wusste er von seiner Zeit am Hof in Wien.

Andererseits hatte ihre Angst, mit ihm das Zimmer teilen zu müssen, echt gewirkt. Doch diese Angst konnte auch mit der Furcht vor Entdeckung begründet werden.

Der Junker Tristan war ein Rätsel, das Martin nur allzu gerne gelöst hätte.

Als er am nächsten Morgen erwachte, schien die Sonne bereits durchs Fenster in die Kammer. Martin streckte sich gähnend, erleichtert darüber, dass das Unwetter vorbei war. Er setzte sich auf, spähte zu der Matratze hinüber und war dann mit einem Schlag wach.

Die dünne Decke lag zusammengeknüllt am Fußende und das Mädchen, das darauf liegen sollte, war verschwunden. Mit einem Satz war Martin aus dem Bett und sah sich um.

Er war allein im Zimmer, nichts außer der Matratze deutete darauf hin, dass er hier nicht alleine geschlafen hatte. Hastig schlüpfte er in Jacke und Stiefel und machte sich auf den Weg in die Schankstube.

Aber auch hier war niemand zu sehen. Der Wirt kam aus der Küche und bequemte sich zu einem „Guten Morgen. Wünscht der Herr ein Frühstück?“

„Wo ist der Junker, mit dem ich die Kammer geteilt habe?“ Martin konnte sich den barschen Ton nicht verkneifen.

Der Wirt riss die Augen auf. „Ist er nicht bei Euch? Ich habe ihn seit gestern Abend nicht mehr gesehen.“ Er watschelte zum Eingang, ohne auf Martin zu achten. „Ich werde nachsehen, ob das Pferd noch da ist.“

Wenig später kam er zurück und schüttelte den Kopf. „Das Vögelchen ist ausgeflogen. Hat er Euch bestohlen?“, fragte der Wirt dann argwöhnisch, offensichtlich weniger um die Habe seines Gastes besorgt als um die Begleichung der Rechnung.

„Nein. Hier, das sollte für die restlichen Kosten reichen.“ Er drückte dem Wirt ein paar Münzen in die Hand.

„Natürlich“, erwiderte der Mann glücklich. „Wollt Ihr nicht doch ein Frühstück ...“

„Nein." Martin wandte sich ohne ein weiteres Wort ab und ging in den Stall. Falls es einen Stallknecht gab, so weilte dieser augenscheinlich woanders, also sattelte Martin sein Pferd selbst und machte sich auf den Heimweg.

Er war wütend. Sehr sogar. Sie hatte ihn überlistet und düpiert, und das, obwohl er sich ihr überlegen gefühlt hatte. Ihr noch dazu völlig selbstlos geholfen hatte. Und zum Dank verschwand das Mädchen mir nichts, dir nichts noch vor dem Morgengrauen. Frauen. Undankbare, flatterhafte Geschöpfe.

Eine knappe Stunde später erreichte er Oberstorf. Missmutig erwiderte er den Gruß des Stallknechts, ehe er die breite Freitreppe hinaufstieg. Hannes, sein Leibdiener, empfing ihn bereits in der Eingangshalle.

„Dr. Seiberg erwartet Euch im Diana-Salon", sagte er und nahm Martin den Mantel ab.

„Ach, das habe ich völlig vergessen. Dann lass ein Frühstück für uns beide dorthin bringen und übermittle mein Bedauern. Ich kleide mich rasch um, du brauchst mir nicht zu helfen."

Kurze Zeit später betrat er den Diana-Salon. Er hatte sich umgezogen und frisch gemacht, zu einer Rasur war allerdings keine Zeit geblieben.

„Meine Verehrung, Dr. Seiberg. Das Unwetter hat mich dazu veranlasst, die Nacht in einer Schenke zu verbringen. Deshalb bin ich zu spät. Ich ersuche Euch, mir das nachsehen zu wollen."

Der Justitiar erhob sich von dem reichlich gedeckten Tisch und legte die Serviette beiseite.

„Man hatte Euch auf Oberstorf bereits vermisst, Graf. Ich bin erleichtert, Euch wohlauf zu sehen."

Martin ließ auf einem Stuhl gegenüber des Justitiars nieder. „Der Himmel hatte alle Schleusen geöffnet, an eine Rückkehr war gestern nicht zu denken."

Ein Lakai trat an den Tisch, um ihm die Speisen aufzulegen, aber Martin entließ ihn mit einer Handbewegung. „Danke, wir bedienen uns selbst, du darfst dich zurückziehen."

Nachdem sich die Tür hinter dem Mann geschlossen hatte, wandte sich Martin an seinen Gast. „Ich freue mich sehr über Euren Besuch.

Es ist einige Zeit her, dass wir uns begegnet sind."

„Vier Jahre, um genau zu sein."

Zu diesem Zeitpunkt war sein Vater gestorben und der Justitiar hatte das Testament des verstorbenen Grafen von Oberstorf geregelt. Es gab keine Überraschungen, da Martin der einzige Sohn war.

Dr. Seiberg räusperte sich. „In der Tat hat mein Besuch mit dem Testament Eures Vaters zu tun. Mit einer Klausel, die ich Euch seinem Willen nach erst sechs Monate vor Eurem dreißigsten Geburtstag eröffnen sollte."

„Eine Klausel?", wiederholte Martin überrascht. „Und warum erfahre ich erst jetzt davon?"

Der Justitiar schob das benutzte Geschirr beiseite und legte eine in Leder gebundene Mappe vor sich auf den Tisch. „Soweit ich es auf Grund der langen Bekanntschaft mit Eurem Vater vermuten kann", sagte er langsam, „hoffte er wohl, dass es nicht nötig sein würde, Euch diese Klausel überhaupt jemals eröffnen zu müssen."

Diese Worte riefen dumpfes Unbehagen in Martin hervor. Er schob den Teller, den er gerade mit Pastete, Brot und Butter beladen hatte, beiseite. „Worum geht es?"

„Um Oberstorf, das Schloss, die Wälder, die Äcker und Wiesen." Er sah Martin über den Rand seiner Brille an. „Um alles."

„Was soll das heißen?"

„Euer Vater hat festgelegt, dass der gesamte Besitz an seinen Bruder fällt, wenn Ihr zum Zeitpunkt Eures dreißigsten Geburtstags nicht verheiratet seid."

Die Worte hallten in Martins Kopf ohne seinen Verstand zu erreichen. Er sah den Justitiar an. „Was?"

Der Mann schwieg und reichte ihm ein Blatt, das mit wenigen Zeilen beschrieben war. Martin hätte nicht auf die Unterschrift blicken brauchen, er erkannte die Schrift auch jetzt, vier Jahre nach dem Tod seines Vaters, wieder.

„Sollte mein Sohn Martin Heinrich Johannes an seinem 30. Geburtstag noch unverheiratet sein, dann fällt der Besitz, der zum Schloss Oberstorf gehört sowie das Schloss selbst an meinen Bruder, Friedrich Karl von Oberstorf, in dessen direkter Linie es sodann weitervererbt wird. Mein Bruder wird im Gegenzug dazu verpflichtet, meinem Sohn Martin eine jährliche Apanage in Höhe von 20.000 Gulden zu bezahlen. Außerdem verbleibt das Stadthaus in Wien im Besitz meines Sohnes. Mein Sohn soll über diese Klausel sechs Monate vor seinem dreißigsten Geburtstag informiert werden, im Falle er zu diesem Zeitpunkt unverheiratet ist."

Martin las die Zeilen ein zweites Mal, ein drittes Mal und sah dann auf. „Mit 20.000 Gulden kann ich nicht einmal das Stadthaus erhalten, geschweige denn meinen Lebensunterhalt bestreiten. Das ist lächerlich."

„Nun ja, ich nehme an, Euer Vater ging davon aus, dass es nie so weit kommen würde. Dass Ihr längst verheiratet wäret und von dieser Klausel nicht einmal etwas erfahren würdet." Dr. Seiberg beugte sich vor. „Vor vier Jahren wart Ihr doch mit der Baroness Längenfeld befreundet und knapp davor, um ihre Hand anzuhalten. Vermutlich ging der verstorbene Graf davon aus, dass Ihr heute längst mit ihr verheiratet und Schloss Oberstorf von zahlreichen Nachkommen bevölkert wäre.“

Tatsächlich hatte er sich im Jahr, in dem sein Vater gestorben war, mit dem Gedanken getragen, Marie-Louise zu heiraten. Bis er dahinter gekommen war, dass er nicht der Einzige war, mit dem sie tändelte und in verschwiegenen Nischen leidenschaftliche Küsse tauschte. Natürlich hatte er weder seinem Vater noch sonst jemandem davon erzählt, der Verrat hatte an seinem männlichen Stolz genagt und deshalb verschloss er ihn tief in seiner Brust.

„Und was Euer Leben in Wien betrifft, so hört man, dass Ihr dort nicht gerade ein Einsiedlerdasein führt. Das sollte es Euch doch erleichtern, eine Frau zu finden.“

„Wenn ich eine der Frauen, die ich in Wien kennenlerne, hätte heiraten wollen, dann säßet

Ihr nicht hier und würdet mir von dieser lächerlichen Testamentsklausel berichten." Der Sarkasmus in Martins Worten war unüberhörbar.

„Nun, möglicherweise müsst Ihr Eure Meinung revidieren, um Oberstorf nicht zu verlieren."

Martin ignorierte diesen Einwurf. „Kann man diese Klausel anfechten? Für ungültig erklären?"

Der Justitiar schüttelte den Kopf.

„Verdammt, was hat sich mein Vater dabei gedacht?" Martin fuhr sich mit beiden Händen durchs Haar. Obwohl er keine Antwort erwartete, sagte Dr. Seiberg nach kurzem Schweigen. „Vermutlich wollte er die Zukunft des Besitzes gesichert wissen. Er selbst war bereits über fünfzig, als er geheiratet hat und er gab seinem hohen Alter die Schuld, dass Eure Mutter bei Eurer Geburt starb."

„Das ist doch Unsinn." Aber auch wenn es für ihn selbst keine Erklärung war, so mochte es sein Vater anders gesehen haben.

„Wie auch immer." Der Justitiar zuckte mit den Schultern. „Tatsache ist und bleibt, dass Ihr innerhalb der nächsten sechs Monate eine Frau finden und vor den Altar führen müsst, wenn Ihr Oberstorf behalten wollt."

„Kennt Ihr kein Schlupfloch? Irgendetwas, das mir helfen könnte?"

„Das Einzige, was ich tun kann, ist Folgendes: Ich bin der Rechtsbeistand der meisten Familien in diesem Landstrich. Aus diesem Grund könnte ich mich umhören, ob es eine geeignete Frau gibt, mit der Ihr einen Ehevertrag schließen könnt."

Martin sah ihn so fassungslos an, dass Dr. Seiberg hinzufügte: „Ich habe Eure Worte so interpretiert, dass Ihr in Wien keine passende Partie kennengelernt habt. Ihr wisst, dass auf dem Lande die Dinge pragmatischer gehandhabt werden. Da Besitz, dort Geld. Oder dort ein guter Name, da ein Hof ohne Erbe. Möglichkeiten gibt es viele. Und es ist auch nicht ungewöhnlich."

„Also betätigt Ihr Euch auch als Heiratsvermittler?" Der Spott in Martin Stimme erstarb angesichts der Miene seines Gegenübers.

„Ich helfe gerne“, erwiderte Dr. Seiberg steif. „Insoferne meine Hilfe gewünscht wird. Ich zwinge sie niemandem auf.“

Martin dachte nach. Der Gedanke nach Wien zu gehen und allen heiratsfähigen Töchtern der Gesellschaft den Hof machen zu müssen, widerte ihn an. Er wusste, wie dieses Spiel gespielt wurde und wenn er es vermeiden konnte, dann würde er nicht mitspielen.

„Wie würde Eure Hilfe in diesem speziellen Fall aussehen?“ Er sprach langsam, als müsste er sich zu jedem einzelnen Wort überwinden.

„Ihr teilt mir Eure Wünsche mit, also welche Eigenschaften die zukünftige Gräfin Oberstorf aufweisen soll und welche nicht. Ich höre mich um und unterbreite Euch dann geeignete Kandidatinnen. Im Falle Euch eine davon akzeptabel erscheint, stelle ich den Kontakt her. Niemand wird davon erfahren. Und natürlich auch nicht von der Testamentsklausel.“

„Und was wollt Ihr dafür?“

„Nichts. Außer, dass ich auch weiterhin Euer Berater in allen juristischen Angelegenheiten bleibe."

Natürlich, wenn sein Onkel Friedrich das Schloss Oberstorf übernahm, dann verlor Seiberg einen Kunden, da dieser sicherlich einen eigenen Justitiar hatte. Und so unbedeutend war der Besitz nun auch wieder nicht.

Martin stand auf und ging zum Fenster. Minutenlang starrte er in den Park hinunter. Dann kehrte er zu seinem Platz zurück, blieb aber hinter seinem Stuhl stehen und umfasste die Rückenlehne so fest, dass seine Knöchel weiß hervortraten.

„Sie muss jung sein, um sich meinen Wünschen anzupassen, nicht verdorben durch die Sitten in der Stadt, am besten noch nicht bei Hof eingeführt. Loyal, nicht zu Widerspruch oder Eigensinn neigend. Wohlerzogen, aus einer guten Familie. Vermögen ist unwichtig, ebenso das Äußere."

Dr. Seiberg erhob sich. „Gut. Ich danke für die präzisen Angeben. Ich werde mich um die

Angelegenheit kümmern und sobald ich Ergebnisse vorlegen kann, melde ich mich wieder. Natürlich hat die Sache oberste Priorität und ich verspreche, mit äußerster Diskretion vorzugehen."

5

Anja erreichte Altenburg gegen Mittag. Sie fühlte sich nach der schlaflosen Nacht und dem langen Ritt müde, erschöpft und hungrig.

Das Schicksal meinte es gut mit ihr, denn weder im Stall noch im Hof begegnete ihr jemand. Es gelang ihr, sich ungesehen ins Haus zu schleichen, die Kleidung mit ihrer eigenen zu tauschen und sich dann auf die Suche nach Lili zu machen.

Ihre Schwester saß in der Bibliothek am Fenster. Sie blickte auf, ließ den Stickrahmen mit einem Aufschrei fallen und fiel Anja um den Hals.

„Ich habe mir solche Sorgen gemacht! Wo warst du denn, um Himmels willen?“

Liebevoll strich Anja ihrer Schwester über den Rücken. „Das erzähle ich dir später. Haben mich Mathilda und Theo auch gesucht?“

Lili nickte. „Ja, nachdem du beim Abendessen gefehlt hast, haben sie die Dienstboten angewiesen, nach dir zu suchen."

„Dann muss ich mir eine Geschichte überlegen, die sie mir auch abnehmen."

„Aber wo warst du wirklich?", wiederholte Lili ihre Frage.

„Später." Sie ließ die Kleine los. Natürlich konnte sie ihr nicht die Wahrheit sagen, denn es bestand die Gefahr, dass sich ihre Schwester unbeabsichtigt verplauderte und diese Blöße wollte sich Anja vor den Verwandten nicht geben.

„Wo ist denn nach mir gesucht worden?"

Lili breitete die Arme aus. „Überall, einfach überall. Im Schloss, in der Küche, den Stallungen, im Park, sogar im Wald."

Anja dachte nach. „Auch oben, in der Dachkammer, wo die Kindersachen, die Mutter zu meiner Geburt geschenkt bekommen hat, aufbewahrt werden?"

„Ich glaube nicht", antwortete Lili mit gerunzelter Stirn. „Dort gibt es kein Fenster und keine Luke, außerdem wurde schon lange nicht mehr sauber gemacht. Keines der Dienstmädchen geht dort hinauf, wenn es nicht sein muss. Und die Männer haben alle draußen nach dir gesucht."

„Gut, dann werde ich sagen, dass ich dort war und eingeschlafen bin."

„Aber du sagst mir bestimmt, wo du warst, versprochen?"

Statt einer Antwort lächelte Anja und nahm die Hand ihrer Schwester, um sich den Verwandten zu stellen.

Mathilde erwartete sie bereits am Ende der Treppe. „Ach, da bist du ja. Wo warst du? Wir haben den ganzen Abend und die halbe Nacht nach dir gesucht", sagte sie ärgerlich und musterte Anja aus schmalen Augen.

„Ich war in der Dachkammer bei den Sachen meiner Mutter und muss wohl eingeschlafen sein." Sie lächelte gezwungen freundlich. „Es tut mir leid, dass ich dir Umstände gemacht habe, aber jetzt bin ich ja wieder da."

Mathilde sah sie zornig an, aber offenbar fiel ihr keine Antwort ein, deshalb fuhr Anja rasch fort: „Ich gehe in die Küche und esse eine Kleinigkeit, dann machen wir mit den Vorbereitungen für den Umzug weiter. Vielleicht schaffen wir es ja bis heute Abend und dann bist du uns endgültig los."

Mathilde machte einen Schritt auf sie zu und stemmte die Hände in die Hüften. „Das ist doch ..."

„Wenn du uns im Weg stehst, dann dauert es natürlich länger", sagte Anja süß und lächelte in das verkniffene Gesicht ihrer Cousine, die sich schließlich ohne ein weiteres Wort umdrehte und davonstapfte.

„Das hast du gut gemacht", flüsterte Lili neben ihr und griff nach ihrer Hand.

Anja erwiderte den Druck ihrer Finger. „Ja, und jetzt lass uns wirklich fertig packen, damit wir von hier wegkommen."

Am Abend desselben Tages saßen Anja und Lili in der guten Stube der Meierei in Freistadt. Um sie herum, im Flur und in den anderen Zimmern stapelten sich Kisten und Truhen.

Das Gebäude selbst war in erstaunlich gutem Zustand. Es stand erst seit ein paar Wochen leer, denn der Pächter war mit seiner Familie weggezogen.

Franz und Helene waren dabei, zwei Schlafräume herzurichten und die Betten zu beziehen. Dann wollten sie in der Küche nach dem Rechten sehen.

„Es ist größer, als ich gedacht habe. Aber nicht so groß wie Altenburg." Lili rutschte auf dem Lehnsessel herum. „Wenn wir uns erst eingerichtet haben, dann wird es hier wirklich fein werden."

Anja betrachtete ihre Schwester nachdenklich. Natürlich konnten sie hier leben, das Vermögen, dass sie von ihrer Mutter geerbt hatten, sollte für eine Weile reichen. Und weiter wollte sie im Augenblick nicht denken.

Vor allem wollte sie nicht an all die Männer denken, die um ihre Hand angehalten hatten. Vermögende Männer aus guten Familien, die

Macht und Einfluss besaßen. Hätte sie einen von ihnen zum Mann genommen, müsste sie sich jetzt keine Gedanken machen, wie die Zukunft aussah. Sie hätte für Lili sorgen können, auch ihr eine gute Partie und ein sorgenfreies Leben verschaffen.

Erst jetzt begriff sie, warum ihr Vater sie immer gedrängt hatte zu heiraten. Aber sie hatte seine Ratschläge lachend in den Wind geschlagen, da sie sich der Reichweite ihrer Entscheidung nicht bewusst gewesen war. Sie liebte ihr freies, ungebundenes Dasein und wollte sich keinem Mann unterordnen. Es drängte sie nicht danach, Kinder zu haben und bei jeder Mahlzeit mit der Familie am Tisch zu sitzen. Kaffeekränzchen mit den Frauen der umliegenden Güter zu veranstalten und sich um den neuesten Tratsch zu kümmern.

Auch wenn sie es nicht bedauerte, als alte verschrobene Jungfer zu enden, Lili teilte weder ihre Interessen noch ihre Anschauung. Sie war jung und romantisch, sie sah nur bis zum Altar, bis zu in Spitzendeckchen gewickelten

Säuglingen, denen sie eine hingebungsvolle Mutter sein konnte. Sie interessierte sich nicht für die Jagd, nicht für Pferde, sie ging nicht einmal gerne spazieren, sondern blieb lieber im Haus und stickte an Tüchlein und Bildern herum, statt in einem Buch zu lesen.

Ein Konflikt war abzusehen, aber Anja konnte es ihrer Schwester nicht verdenken, dass sie ein anderes Leben führen wollte.

Ein paar Wochen später kam Dr. Seiberg vorbei. Das Haus war vom Dach bis zum Keller geputzt worden, präsentierte sich mit den mitgebrachten Stücken aus Altenburg wohnlich und anheimelnd von seiner besten Seite.

„Ihr habt Euch wirklich ein behagliches Zuhause geschaffen“, sagte Dr. Seiberg lobend.

„Daran ist nur Lili schuld“, meinte Anja fröhlich. „Sie versteht es, mit ein paar Handgriffen Blumen zu arrangieren und Kissen zu drapieren.“

Lili wurde rot. „Ach, das ist doch nicht der Rede wert“, murmelte sie verlegen. „Das kann doch jeder.“

„Ich kann das ganz bestimmt nicht.“ Anja lachte. „Ich würde noch heute zwischen den Kisten und Truhen sitzen und nicht wissen, wo anfangen.“

Sie bot dem Justitiar einen Platz an. „Was kann ich für Euch tun, Dr. Seiberg?“

„Nun, einerseits wollte ich mich vergewissern, dass Ihr gut untergebracht seid und Euch meine Hilfe anbieten. Aber ich sehe, das ist nicht nötig.“

Helene brachte Kaffee und Kuchen. Anja ließ es sich nicht nehmen, dem Gast selbst einzuschenken.

„Nein, das ist wirklich nicht nötig, aber wir freuen uns über jeden Besuch, nicht wahr, Lili?“

„Ja, natürlich. Erst gestern haben die Bewohner der beiden Nachbarhöfe bei uns vorbeigeschaut“, erzählte Lili eifrig.

„Nun, ich höre gerne, dass Ihr Freundschaften schließt. Für zwei Frauen alleine kann das Leben manchmal schwierig werden." Er griff in seine Mappe. „Das ist der andere Grund meines Besuches. Ich habe es geschafft, das Vermögen eurer Mutter seit ihrem Tod fast zu verdoppeln." Er reichte Anja ein Blatt. „Ich nehme an, diese Nachricht kommt nicht ungelegen."

Anja überflog die Zahlen. „Ganz und gar nicht, da habt Ihr Recht."

„Sind wir reich?", fragte Lili mit großen Augen.

„Wir können die nächsten paar Jahre sorgenfrei leben, Liebes. Reich sind wir nicht. Aber wenn du ein eigenes Pferd möchtest, dann ..."

Lili rümpfte die Nase. „Ganz bestimmt nicht."

„Oder etwas anderes, das dir Freude macht ..."

„Ich werde darüber nachdenken." Sie sprang auf und knickste vor dem Justitiar. „Ihr entschuldigt mich."

Der Mann blickte ihr nach, als sie mit beschwingten Schritten das Zimmer verließ. „Wie alt ist sie jetzt?"

Anja goss Kaffee in ihre Tasse. „Siebzehen, auch wenn sie mir manchmal wie zwölf vorkommt. Ich beneide sie um ihre Unbekümmertheit und ihre Lebensfreude."

„Wurde vom verstorbenen Grafen etwas bezüglich einer Ehe für Lili festgelegt?"

„Das müsstet Ihr eher wissen als ich." Anja zuckte die Schultern. „Mit mir hat Vater auf jeden Fall nicht gesprochen. Aber warum fragt Ihr?"

Der Justitiar räusperte sich. „Es verhält sich so, dass ein wohlhabender Adeliger aus dem Landstrich eine passende Gemahlin sucht und ich ihm versprochen habe, ihm bei dieser Suche zu helfen."

„Diese Vorgangsweise empfinde ich als etwas ... ungewöhnlich." Anja hob die Brauen. „Ihr werdet mir keine Namen nennen, nicht wahr?

„Natürlich nicht. Die Sache erfordert größte Diskretion. Allerdings verbürge ich mich für die

Seriosität und den finanziellen Hintergrund meines Klienten. Ich kenne seine Familie länger als Eure und kann nur das Allerbeste von ihm sagen. Wenn Ihr grundsätzlich an einer Ehe für Eure Schwester interessiert seid, dann kann ich ihn nur empfehlen."

Anja seufzte. „Natürlich wäre ich erleichtert, wenn Lili einer gesicherten Zukunft entgegenblickt. Aber zuerst muss meine Schwester damit einverstanden sein. Ich werde sie nicht an einen Mann geben, den sie nicht leiden kann. Und, um es offen auszusprechen, ich halte sie für zu jung, um schon zu heiraten."

„Ihre Jugend ist eine der Bedingungen, die mein Klient stellt", warf der Justitiar ein.

„Er stellt Bedingungen?" Anja schüttelte den Kopf. „Und welche Bedingungen außer Jugend stellt er noch?"

„Nun, sie soll aus einer guten Familie stammen, Vermögen ist ihm nicht wichtig, er hat selbst genug Geld, aber Manieren und Herkunft sind unabdingbar. Und Loyalität und Gehorsam."

Manieren hatte Lili, wenn sie sich darauf besinnen wollte. Gehorsam setzten alle Männer bei ihren Zukünftigen voraus. Trotzdem beruhigten die Worte des Justitiars Anja nicht.

„Ist er alt? Einer jener Männer, die schon eine Anzahl Frauen im Kindbett verloren haben und jetzt noch einmal Ihr Glück versuchen wollen, um einen Erben zu bekommen?"

„Nein, er ist knapp dreißig, war noch nie verheiratet und hat keine Kinder. Auch keine illegitimen."

Das alles klang zu schön, um wahr zu sein. Sicher musste es einen Haken geben, aber den würde ihr Dr. Seiberg bestimmt nicht verraten. Und andererseits, die Mitgift, die sie Lili geben konnte, erlaubte es nicht, wählerisch zu sein. Auch würden sich junge Männer von Rang und Namen nicht gerade zuhauf in der Meierei einfinden. Für eine Vorstellung bei Hof in großem Stil würde das Vermögen ihrer Mutter nicht ausreichen. Wenn sich Dr. Seiberg für den Mann verbürgte, war er zumindest ein

Ehrenmann, der für ihre Schwester als Ehemann in Frage kam.

„Gut“, sagte sie schließlich. „Ich bin einverstanden, dass Ihr Eurem Klienten von meiner Schwester erzählt. Um mehr geht es im Augenblick ja nicht, wenn ich richtig verstanden habe.“

„Ja, genau so ist es. Ihr habt richtig verstanden.“ Er erhob sich. „Ich werde Eure Schwester im besten Licht erstrahlen lassen und wenn mein Klient Interesse hat, dann werde ich den Kontakt herstellen.“ Er beugte sich über Anjas Hand. „Ich wünsche Euch einen geruhsamen Tag, Komtess.“

6

„Altenburg? Kommt mir bekannt vor, aber ich kann es nicht einordnen.“ Martin runzelte die Stirn.

„Eine gute Tagesreise südlich von Oberstorf, mit der Kutsche zwei Tagesreisen. Der alte Graf verstarb letzten Monat. Seine beiden Töchter mussten den Besitz verlassen, da er nur in männlicher Linie vererbt wird. Die beiden leben jetzt in einer Meierei bei Freistadt, die von der Mutter des verstorbenen Grafen stammt. Die Ältere kommt nicht in Frage, sie ist ein widerspenstiger Freigeist und wird sich vermutlich nie verheiraten. Die Jüngere ist gerade siebzehn, sehr natürlich und ungezwungen und von erfrischender Herzensgüte.“ Dr. Seiberg räusperte sich. „Ich kenne die Familie seit langen

Jahren, an Herkunft und Erziehung wird es schwer werden, etwas Besseres zu finden."

„Und sie ist einverstanden?"

„Ich habe bisher nur mit der älteren Schwester gesprochen. Wenn die jüngere an Euch Gefallen findet, dann ist sie einverstanden."

Martin lachte ungläubig. „Soll das heißen, ich soll mich bei ihr vorstellen und muss dann mit einer Abfuhr rechnen?"

„Ich nehme an, dass es so ist. Die ältere Schwester wird ihren Segen nur dann geben, wenn sie davon überzeugt ist, dass für ihre Schwester gut gesorgt wird."

Martin betrachtete sein Gegenüber. Dr. Seiberg erwiderte seinen Blick offen. Wenn es nicht um ihn selbst gegangen wäre, hätte er für die Haltung der älteren Schwester Verständnis gehabt. Es sprach für sie, dass sie ihre Schwester behüten wollte. Aber die Möglichkeit einer Zurückweisung machte ihm schwer zu schaffen. Er fand das ganze Procedere mehr als unangenehm, einmal abgesehen davon, dass ihn der Gedanke zu heiraten grundsätzlich nicht behagte.

„Ihr seid jung, Ihr seht gut aus und Ihr habt Geld und Besitz. Warum sollte Euch das Mädchen nicht als Gatten akzeptieren? So viele Männer werden ihr noch nicht begegnet sein."

„Du schummelst, ich hab's genau gesehen!" Lili riss Wolfgang den Würfelbecher aus der Hand.

„Gar nicht wahr. Du bist einfach eine schlechte Verliererin, Lili." Wolfgang von Zwenck reihte die Würfel nebeneinander auf. „Was sagst du, Anja? Hab ich geschummelt?"

„Ich habe nicht achtgegeben. Aber es ist schon verdächtig, dass du das vierte Spiel hintereinander gewinnst", sagte Anja im Bestreben, eine neutrale Position zu bewahren. Mit seinen zwanzig Jahren war Wolfgang wie ein kleiner Bruder für sie, aber natürlich stand ihrem Herzen Lili näher.

Dass er jedoch trotz der jetzt viel größeren Entfernung fast jeden Tag vorbeikam, stimmte sie mildtätig. Wie früher spielten sie Charade, würfelten oder lasen sich aus Romanen vor. Sie waren gemeinsam aufgewachsen und in inniger Freundschaft miteinander verbunden. Anja rechnete es ihm hoch an, dass er diese Freundschaft nicht einfach einschlafen ließ, nur weil ihm der Weg zu weit wurde.

Insgeheim vermutete Anja, dass Wolfgang für Lili ein *tendre* entwickelt hatte und das Stadium der reinen Freundschaft längst hinter ihm lag. Zwar hatte er nie etwas gesagt, aber der Blick, mit dem er Lili betrachtete, wenn er sich unbeobachtet fühlte, sprach Bände. Ihre Schwester merkte dagegen nichts von all dem.

Gerade boxte sie Wolfgang so fest auf den Oberarm, dass er mit einem Aufstöhnen ein Stück wegrückte. „Hör auf damit, sonst muss ich dich übers Knie legen."

„Das wagst du nie!" Lili streckte ihm die Zunge heraus, ehe Anja etwas sagen konnte, und sprang vom Tisch auf. „Trau dich doch!" Sie lief zur Tür. „Du kriegst mich nie."

„Und ob. Ich gebe dir sogar Vorsprung.“ Er begann zu zählen und Lili verschwand durch die Tür.

„Sie ist ganz schön anstrengend.“ Wolfgang füllte die Würfel in den Becher.

„Irgendwann wird sie wohl erwachsen werden. Ich gebe die Hoffnung nicht auf.“ Anja musterte ihn. „Sei ein bisschen strenger und lass dir nicht alles gefallen. Sonst wird sie dich nie ernst nehmen.“

Wolfgangs Gesicht rötete sich und er stand auf. „Danke für den Rat. Ich werde daran denken.“

Anja sah ihm nach. Er war ein netter Junge, aber Lili nicht gewachsen. Überhaupt jetzt, wo ihn seine Zuneigung noch nachgiebiger machte, als er gewöhnlich war.

Seit dem Besuch von Dr. Seiberg waren bereits drei Wochen vergangen und sie rechnete nicht mehr damit, dass sich der unbekannte Edelmann melden würde. Vielleicht hatte er ja von Altenburg und der ganzen unerquicklichen Angelegenheit gehört und verspürte keine Lust, sich näher damit zu beschäftigen. Oder er hatte schon ein anderes Mädchen gefunden, das seinen Ansprüchen genügte.

Die Uhr auf dem Kaminsims verkündete mit melodiösen Schlägen, dass es vier Uhr war. Anja erhob sich. Bei der Treppe hörte sie Lili und Wolfgang lachen. Das Wetter war angenehm, aber an einen Ausritt war nicht zu denken, denn sie konnte die beiden nicht alleine lassen. Doch sie wollte zumindest nach Hannibal sehen und ihm eine Karotte bringen.

Leise summend ging Anja in die Küche und holte aus der Speisekammer zwei große Karotten. Bestimmt wollte auch Wolfgangs Pferd eine haben.

Hannibal warf den Kopf zurück und wieherte, als er Anja kommen sah. Wolfgangs Brauner stand neben ihm und blähte die Nüstern. Sie hielt jedem Pferd eine Karotte hin. „Na, meine Schönen, das schmeckt euch wohl."

Das Lachen von Wolfgang und Lili kam näher und kurz darauf betraten sie die Stallung. „Ich muss zum Abendessen wieder zurück sein.

Morgen kann ich nicht kommen, Vater braucht mich, aber übermorgen werde ich wieder hier sein." Er beugte sich zuerst über Lilis Hand, dann über jene von Anja, ehe er die Lederhandschuhe überstreifte und sich auf sein Pferd schwang.

Die beiden Frauen gingen in den Hof und warteten, bis Wolfgang das Pferd aus dem Stall gelenkt hatte. Er winkte ihnen zu und galoppierte dann davon.

„Er ist nett, ich freue mich, dass er zu unseren Freunden zählt und uns wegen der Übersiedelung nicht vergisst", sagte Anja.

„Ja, ich mag ihn auch gerne", erwiderte Lili unbekümmert, als spräche sie von einem Kirschkuchen.

Anja seufzte unhörbar wegen der offensichtlichen Blindheit ihrer Schwester gegenüber den Gefühlen des jungen Mannes. Aber es stand ihr nicht zu, mehr zu sagen, als sie ohnehin schon getan hatte. Manche Dinge musste Lili alleine entdecken.

Sie wollten schon zurück ins Haus gehen, als sie Hufschläge auf dem Kopfsteinpflaster hörten und sich umdrehten.

Ein Reiter auf einem Grauschimmel ritt geradewegs auf den Hof der Meierei. Mit einer geschmeidigen Bewegung stieg er vom Pferd und kam auf die beiden zu.

„Ich bin ein Bekannter von Dr. Seiberg. Er hat mich gebeten, Euch bei meiner Reise einen Besuch abzustatten und seine Grüße zu übermitteln. Und herauszufinden, ob alles zum Besten steht." Er zog den Hut vom Kopf und verbeugte sich. „Mein Name ist Martin Graf von Oberstorf."

Anja fühlte sich wie vom Blitz erschlagen. Ungläubig sah sie den Mann an, der sich gerade wieder aufrichtete. Schon als er vom Pferd gestiegen war, war ihr seine Gestalt vage bekannt vorgekommen. Aber jetzt war kein Irrtum mehr möglich.

Er war der Mann aus dem Gasthof, der Mann, mit dem sie in einem Zimmer geschlafen und den sie praktisch bei Nacht und Nebel verlassen hatte.

Alle Farbe wich aus ihrem Gesicht und sie suchte vergebens nach Worten, während ihre Schwester lächelte und ihm die Hand entgegenstreckte. „Ich bin Lili von Altenburg."

Er beugte sich über die Hand und deutete einen Handkuss an, ehe er sich an Anja wandte. „Anja von Altenburg", gelang es ihr mit belegter Stimme zu murmeln. Dann riss sie sich zusammen. „Wie schön, von Dr. Seiberg zu hören. Darf ich Euch eine Erfrischung anbieten, Graf Oberstorf?"

Sie brachte ein zitterndes Lächeln zustande. Ihr stilles Flehen zum Allmächtigen wurde nicht erhört. Der Graf sah sie an und die steile Falte zwischen seinen Augenbrauen verriet, dass er sie erkannt hatte. Verzweifelt hoffte sie, dass er sie nicht vor Lili verraten würde. Die Kleine wusste noch immer nicht, was am Tag ihres Verschwindens geschehen war.

„Das ist sehr freundlich von Euch, Komtess, natürlich nehme ich dieses Angebot sehr gerne an.“ Seine Stimme klang höflich und glatt, aber der Blick seiner hellen Augen schien sie durchbohren zu wollen.

Ein wenig zu hastig wandte sie sich zum Tor um. Ihre Gedanken rannten ihm Kreis. Der Zusammenhang mit Dr. Seiberg kam ihr seltsam vor. Gerade jetzt ... Vielleicht war der Graf ein Botschafter des unbekannten Brautwerbers, der sich mit eigenen Augen von Lili und ihrem Umfeld überzeugen wollte, ehe er einen offiziellen Antrag machte. Und ausgerechnet diesem Mann gegenüber hatte sie sich einen Fauxpas erlaubt. Die Scharte musste sie wieder auswetzen, so schwer es ihr auch fallen möge.

„Ihr wollt doch nicht heute noch weiterreiten?“, fragte sie deshalb freundlich. „Ihr müsst hier bei uns übernachten, wir haben eine Menge Gästezimmer, Helene wird eines für Euch herrichten.“

Wie erwartet ging der Mann sofort darauf ein und bestätigte damit Anjas Vorahnung. „Das ist sehr großzügig von Euch, Komtess, aber nach einem langen Tag im Sattel kann ich dieses

Angebot nicht abschlagen. Ich hoffe nur, dass ich Euch nicht unnötig zur Last falle.“

„Ganz bestimmt nicht“, antwortete Lili. „Wir freuen uns, Gäste zu haben. Das bringt Abwechslung in unseren Alltag.“ Sie lächelte den Grafen so herzlich an, dass Anja sich räusperte. „Ja, in der Tat, meine Schwester sagt die Wahrheit.“

Der Mann sah von Lili zu ihr und prompt lief ihr eine Gänsehaut über den Rücken. Dann kräuselten sich seine Lippen. „Tut sie das?“

7

Nach dem Besuch von Dr. Seiberg hatte sich Martin Zeit genommen, eine nicht ganz orthodoxe Entscheidung zu treffen. Statt mit dem Justitiar nach Altenburg zu fahren, um seine Vielleicht-Braut ganz offiziell in Augenschein zu nehmen, würde er sich alleine auf den Weg machen.

Er wollte sehen, wie sich die beiden Mädchen verhielten, wenn sie einfach einen Besucher empfingen und nicht einen potenziellen Ehemann.

Als er in den Hof der Meierei ritt, hatte er mit allem gerechnet. Mit einem entstellten oder verkrüppelten Geschöpf, das an den Mann gebracht werden sollte. Einem Mund, der beim Lächeln verfaulte Zahnstummel enthüllte. Oder nur wirres Zeug herausbrachte.

Aber nicht damit, völlig unverhofft der Frau aus der Herberge gegenüberzustehen, die ihn genarrt und ohne Erklärung sitzen gelassen hatte. Obwohl er nicht mehr an sie gedacht hatte, erkannte er sie sofort.

Voller Genugtuung hatte er ihr Erschrecken beobachtet. Dass sie sich so schnell zusammenriss und die höfliche, sittsame Hausherrin herauskehrte, belustigte ihn ein wenig, rang ihm aber auch Bewunderung ab.

Ihre Gegenwart hatte die Anwesenheit von Lili an den Rand seines Bewusstseins gerückt, sodass er jetzt, beim Umkleiden in dem ihm zugewiesenen Zimmer, Mühe hatte sich an ihr Gesicht zu erinnern.

Anjas klares Oval mit den großen violetten Augen umrahmt von dichtem blonden Haar sah er dagegen klar vor sich.

Das Widerstreben, mit dem er sich auf die Reise gemacht hatte, wich einer unerklärlichen Vorfreude. Schnell schloss er die letzten Knöpfe seiner Jacke und machte sich auf den Weg zum Esszimmer.

Die beiden Frauen blickten ihm entgegen. Jetzt bemerkte er die Ähnlichkeit zwischen ihnen. Dennoch erschien ihm Lili als die farb- und konturenlose Kopie ihrer Schwester. Ihr Haar und die Augen waren heller, die Wangen kindlicher und das Kinn runder.

„Guten Abend." Er ging zuerst auf Anja zu, um ihr die Hand zu küssen, dann zu Lili und setzte sich schließlich Lili gegenüber an die Längsseite des Tisches, während Anja am Kopf der Tafel Platz genommen hatte.

„Ich hoffe, das Zimmer ist zu Eurer Zufriedenheit?", fragte Anja höflich.

„Natürlich. Ich bin überrascht, wie hübsch Ihr es hier habt und wie geräumig das Gebäude ist", ging er auf ihre Konversation ein. Von Seiberg hatte er die näheren Umstände des erzwungenen Umzugs erfahren, und seine Überraschung war nicht gespielt. Er hatte eine verfallene Kaschemme erwartet.

„Unsere Großmutter brachte die Meierei in die Familie Altenburg. Und nachdem unser Vetter das Schloss und den Besitz geerbt hat, zogen wir uns hierher zurück. Lili hat eine Hand dafür, einen Raum wohnlich und behaglich zu gestalten."

„Ist das so?" Er wandte sich an Lili, deren Wangen sich röteten.

„Einer muss sich ja wohl darum kümmern, und Anja reitet lieber aus als sich im Haus zu beschäftigen", murmelte sie dann.

Anja lachte, wohl um dem Satz die Spitze zu nehmen. „Da hast du Recht, Liebes. Wenn ich mich darum kümmern müsste, welche Kissen auf dem Sofa liegen, würde das sicher in einer Katastrophe enden."

„Ich bin überzeugt, dass Eure Talente auf anderen Gebieten liegen, Komtess." Erst als Anja den Blick senkte, kam ihm die Zweideutigkeit seiner Worte zu Bewusstsein. Er hatte sie nicht in Verlegenheit bringen wollen, in dem er auf ihre Verkleidung anspielte, deshalb sprach er hastig weiter. „Ich bin zum Beispiel völlig unmusikalisch und das hat mir schon einige schier unendliche Abende in der besseren Gesellschaft eingetragen."

„Wart Ihr schon in Wien? Am Hof?“, fragte Lili sehnsüchtig.

„Ja, ich bin regelmäßig in der Hauptstadt, um Freunde zu besuchen oder Geschäfte zu machen. Ich habe ein Stadthaus unweit der Hofburg.“

Lili sah ihn aus großen Augen an. „Wie aufregend. Ich wünschte, ich könnte auch einmal nach Wien reisen und all die wunderschönen Häuser sehen.“

„Du bist noch jung, du wirst bestimmt einmal nach Wien kommen“, warf Anja ein.

Er lächelte Lili an. „Ich würde mich freuen, Euch einmal in Wien als meine Gäste begrüßen zu dürfen.“

Im gleichen Moment trug Fritz die Suppe auf und unterbrach damit das Gespräch. Während des Essens plätscherte eine belanglose Konversation dahin, die Martin in der Überzeugung bestärkte, dass Anja zu einer perfekten Gastgeberin erzogen worden war. In ihrem Alter sollte sie längst verheiratet sein und er fragte sich, was wohl dahinter steckte, dass sie noch immer ledig war.

Sie nahmen den Kaffee im Kaminzimmer ein.

„Geht es Dr. Seiberg gut? Es sind ein paar Wochen vergangen, seit er uns besucht hat“, fragte Anja.

„Ja, er ist sehr beschäftig, darum bat er mich, Euch einen Besuch abzustatten. Keine große Sache, Freistadt liegt ohnehin auf meinem Weg. Wenn ich gewusst hätte, welch charmante Gesellschaft mich hier erwartet, hätte ich schon eher Halt gemacht.“

Anja neigte den Kopf. „Oberstorf klingt vertraut, aber ich kann es nicht einordnen. Wo liegt Euer Besitz genau?“

„Eine gute Tagesreise von hier nach Norden. Die ersten Aufzeichnungen gehen bis ins 15. Jahrhundert zurück. Mein Ururgroßvater wurde in den Grafenstand erhoben, vorher gab es nur ein Sägewerk“, erzählte er bereitwillig. „Heute bewirtschaften über fünfzig Pächter den Grund, für den Wald und das Sägewerk habe ich einen tüchtigen Verwalter.“

Lili gähnte hinter vorgehaltener Hand und nippte nur von ihrer Tasse. Offensichtlich langweilte sie sich unendlich.

„Auf Altenburg gibt es auch ein Sägewerk." Anjas Stimme klang wehmütig. Der Verlust schmerzte sie sichtlich noch immer, auch wenn sie mit einem kleinen Lächeln hinzufügte: „Aber es ist nicht rentabel. Vater liebte den Wald zu sehr, um ihn großflächig abholzen zu lassen."

„Mein Verwalter und der Förster kümmern sich jedes Jahr darum, den geschlägerten Teil wieder aufzuforsten. Nur so kann ein Wald für künftige Generationen bewahrt werden."

„Ich bin müde. Ihr entschuldigt mich." Lili knickste vor Martin und drückte ihrer Schwester einen Kuss auf die Wange.

Stille breitete sich im Raum aus, nachdem sich die Tür hinter Lili geschlossen hatte. Martin wusste nicht, ob er auf die unselige Nacht in der Herberge zu sprechen kommen sollte. Die Komtess beruhigen und ihr versichern, dass er niemandem davon erzählen würde.

„Darf ich Euch einen Kognak anbieten?"

Er erwiderte ihren Blick. „Nein, ich werde auch zu Bett gehen, der Tag war lang."

Sie erhoben sich gleichzeitig. Er wandte sich ihr zu, und zog ihre Hand an seine Lippen. Streifte sie leicht, statt nur anzudeuten. Ihre Finger zitterten, aber sie zog sie nicht weg.

„Anja", murmelte er heiser. Etwas geschah zwischen ihnen. Genau jetzt, genau in diesem Augenblick. Etwas, das er nicht erklären konnte und das er noch nie erlebt hatte.

Wie von Fäden gezogen beugte er sich vor, um sie zu küssen, aber jetzt zog sie doch die Hand weg und glitt an ihm vorbei zur Tür. „Gute Nacht, Graf Oberstorf." Ihre Stimme glich einem Hauch, der seine Sinne umschmeichelte wie Seide.

Er kämpfte um seine Fassung, aber als er sich umdrehte, war er allein.

Anja lehnte an der geschlossenen Türe ihres Zimmers. Noch immer spürte sie seine Lippen auf ihrer Hand und hörte wie seine Stimme ihren

Namen sagte. Wie ein Gespinst hatte diese Szene sie umfangen und ließ sie nicht los.

Gewiss, er war ein attraktiver Mann, mit dem dichten dunklen Haar, den hellen Augen und den scharf geschnittenen Gesichtszügen. Aber es hatte genug Männer gegeben, die versuchten mit ihr zu tändeln, ihr schöne Worte ins Ohr flüsterten und ihre Hand länger hielten als notwendig. An keinen hatte sie auch nur einen Gedanken verschwendet, aber ausgerechnet dieser Mann, der Zeuge ihres peinlichsten Moments geworden war, brachte sie dazu, sich vorzustellen, wie es wohl war, wenn er sie küssen würde.

Mit einer fahrigen Bewegung durchkämmte sie ihr Haar. Sie musste aufhören damit. Sofort. Sie musste sich auf ihre Pflichten besinnen. Sich an ihren Tagesablauf halten, dessen strenges Schema sie davon abgehalten hatte, sich in Trübsinn zu verlieren, seit sie in die Meierei gezogen waren.

Anja atmete tief durch und straffte sich. Sie nahm ein großes Schultertuch aus Wolle, legte es sich um und verließ das Zimmer. Im Haus war alles ruhig, auch die Küche war bereits dunkel. An der Haustür nahm sie eine Laterne und entzündete sie, ehe sie über den dunklen Hof zu den Stallungen schritt. Sie besuchte Hannibal jeden Abend, sah nach, ob es ihm gut ging. Aber das war nur ein Vorwand. Meist vergrub sie ihr Gesicht in seiner Mähne und erlaubte sich die Tränen, die sie den ganzen Tag nicht weinte.

Sie wollte zurück nach Altenburg, sie wollte ihren Vater wiederhaben, sie wollte, dass alles wieder so war wie früher. Der Hengst blieb ruhig stehen, als wüsste er, dass er das Einzige war, was seiner Herrin geblieben war.

„Ach, Hannibal“, schluchzte sie in das weiche Fell. „Ich wünschte, ich könnte noch einmal von vorne anfangen. Ich würde alles anders machen.“

„Das wünschen wir uns alle, manche sogar täglich.“

Anja blinzelte ins Licht der Laterne und hob den Kopf. „Ihr! Was macht Ihr denn hier?“, fragte sie, zu erschöpft um wirklich überrascht zu sein.

„Ich wollte nach meinem Pferd sehen, ob es vielleicht noch Wasser braucht." Er streckte ihr ein Taschentuch entgegen.

Anja nahm es und schnäuzte sich geräuschvoll.

„Was hättet Ihr denn anders gemacht?" Er lehnte an einem Pfosten und sah sie aufmerksam an.

Anja blinzelte die letzte Träne weg und versuchte sich zu straffen. Worte, die sie noch nie laut ausgesprochen hatte, brachen sich ihre Bahn. „Vater wollte, dass ich heirate. Die ganzen letzten Jahre gab er keine Ruhe damit. Alle Feste auf Altenburg hatten den Zweck, mich zu verheiraten."

Sie blickte zu Boden und zerknüllte das Taschentuch in ihrer Hand. „Ich hab es nicht verstanden, ich habe nur gelacht und die Anträge abgewiesen. Ich wollte nicht heiraten. Ich hatte doch alles. Und ich war frei. Musste niemanden gehorchen, nichts teilen, mich nicht nach den Wünschen eines Mannes richten."

Sie wartete, dass er etwas einwarf, ihr widersprach, aber er schwieg weiter und ermutigte sie so zum Weiterreden.

Sie schloss die Augen, presste die Lider aufeinander, als spürte sie körperliche Schmerzen. „Wenn ich geheiratet hätte, wenn ich zum Zeitpunkt von Vaters Tod einen Sohn gehabt hätte, dann wäre Altenburg nicht an meinen widerlichen Vetter Theo gefallen. Und seine noch viel widerliche Frau Mathilde würde ihre Krallen nicht in Dinge schlagen, die einmal mir gehört haben.“

Jetzt hatte sie es laut ausgesprochen und seltsamerweise fühlte sie sich erleichtert, als wäre eine drückende Last plötzlich von ihr genommen worden. Dabei hatten ihre Worte doch gar nichts verändert.

„Ich war gedankenlos und selbstsüchtig und jetzt muss ich dafür bezahlen. Aber das Schlimmste ist, auch Lili muss dafür bezahlen.“ Sie trat einen Schritt an den Grafen heran. „Ihr werdet Seiberg und dem Mann, der Euch hergeschickt hat, doch nichts davon erzählen, dass ich mich als Mann verkleidet habe? Es war nur ein unglücklicher Zufall, ich wollte nur ein paar Stunden ausreiten. Niemand hätte etwas davon erfahren, wenn mich nicht das Unwetter überrascht hätte“, fügte sie hinzu.

„Der Mann, der mich hergeschickt hat?“

Sie hörte das Unverständnis in seiner Stimme und runzelte die Stirn. „Dr. Seiberg erzählte mir, dass er für einen seiner Klienten eine Frau sucht und dass Lili in seinen Augen sehr geeignet wäre. Deshalb dachte ich, dass Ihr in seinem oder im Auftrag des Brautwerbers hier seid, ein Vertrauter, der den Eindruck von Lili und ihrer Familie weitergibt, ehe eine offizielle Brautwerbung erfolgt. Oder täusche ich mich und Ihr habt mit all dem nichts zu schaffen?“

Nach einer Weile, die Anja ungewöhnlich lange vorkam, sagte er schließlich: „Ich habe tatsächlich etwas mit all dem zu schaffen, aber Ihr könnt mir glauben, ich würde nichts tun, was Lilis Zukunft gefährdet. Oder die Eure, Komtess.“

„Danke.“ Etwas Besseres fiel ihr nicht ein, weil die Luft um sie herum zu vibrieren begann. Wieder spürte sie die Spannung, die sie umfing und die sie hellwach und gleichzeitig seltsam müde machte.

Seine Augen lagen im Schatten, aber er sah sie an, das wusste sie. Unwillkürlich machte sie einen Schritt auf ihn zu, ohne begründen zu können, warum. Strauchelte und lag einen Augenblick später an seiner Brust.

Sie hob den Kopf und er küsste sie. Es war nicht so, dass noch kein Mann versucht hatte, sie zu küssen. Nur hatte es meist damit geendet, dass sie ihn geohrfeigt und beschimpft hatte.

Nur versuchte dieser Mann es nicht. Er tat es. Mit einer Intensität, die ihren Herzschlag aus dem Rhythmus brachte. Hitze lief durch ihren Körper, als seine Zunge sich zwischen ihre Lippen schob und nach der ihren suchte. Anja war schockiert und verwirrt und entsetzt darüber, wie sehr es ihr gefiel. Ihre Hand wanderte zu seinem Nacken, um sich festzuhalten.

Er strich über ihren Rücken und zog sie noch enger an sich. Sie erschauerte, als sie seinen festen, harten Körper spürte. Noch nie war ihr jemand so nahe gekommen, dass sie den Eindruck hatte, mit ihm zu verschmelzen.

Er küsste sie noch immer. Tief, leidenschaftlich und mit einer rücksichtslosen Selbstverständlichkeit, die sie eigentlich so erzürnen sollte, dass sie ihn von sich stieß. Aber stattdessen klammerte sie sich an ihn, als wäre sie am Ertrinken und er das rettende Floß.

Seine Hände wanderten zu ihren Hüften, hielten sie fest an seine gepresst. Er stöhnte in ihren Mund und stieß sie im nächsten Augenblick so heftig von sich, dass sie gegen den Hengst taumelte und fast das Gleichgewicht verloren hätte.

Schwer atmend sah sie ihn an und versuchte zu verstehen, was geschehen war.

„Es ... es tut mir leid." Seine Stimme klang heiser und angespannt. „Das hätte nicht passieren dürfen ... ich ... ich ... entschuldige mich für mein unpassendes Verhalten."

„Dann muss ich das wohl auch tun.“ Insgeheim war sie stolz darauf, dass sie einen klaren Gedanken fassen und aussprechen konnte. Sie verschränkte die Arme vor der Brust. Ihre Lippen brannten noch immer von seinem Kuss und sie versuchte verzweifelt sich in der Wirklichkeit zurecht zu finden. „Mein Verhalten war ebenfalls alles andere als passend.“

„Anja ... Komtess Altenburg ... es ist alleine meine Schuld. Bitte akzeptiert meine Entschuldigung.“ Er machte noch einen Schritt von ihr weg und seltsamerweise fühlte Anja diese Bewegung wie einen feinen Stich in der Brust.

„Nun gut. Ich akzeptiere Eure Entschuldigung. Und damit vergessen wir das Ganze“, sagte Anja müde. Sie nahm die Laterne und ging an ihm vorbei ohne ihn noch eines Blickes zu würdigen.

In ihrem Zimmer ließ sie sich aufs Bett fallen und rollte sich zusammen. Vor sich sah sie das fassungslose Gesicht des Mannes, der sie gerade leidenschaftlich geküsst hatte. Dessen Küsse sie ebenso leidenschaftlich erwidert hatte. Und der sie deswegen um Entschuldigung bat.

Ihre Gefühle liefen im Kreis, sie versuchte sie einzufangen, um Klarheit zu bekommen, aber sie schaffte es nicht. Irgendwann fiel sie in einen unruhigen Schlummer.

8

Als sie zum Frühstückstisch kam, saßen dort bereits Lili und der Graf von Oberstorf. Sie zwang ein Lächeln auf ihr Gesicht. „Guten Morgen."

Der Graf erhob sich. „Guten Morgen, Komtess."

„Guten Morgen, Anja." Lili runzelte die Stirn. „Du siehst nicht gut aus. Bist du krank?"

„Ich habe schlecht geschlafen, nichts weiter." Normalerweise schätzte sie Lilis Fürsorge, aber heute wäre sie am liebsten alleine gewesen. „Eine Tasse Kaffee und alles ist gut."

Ihre Schwester sprang auf und holte die Kaffeekanne von der Anrichte.

„Ich habe auch nicht gut geschlafen." Der Graf räusperte sich.

Anja blickte ihn unter den Wimpern hindurch an. Wenn das tatsächlich der Fall war, so verriet sein Äußeres nichts davon. Er sah aus wie aus dem Ei gepellt.

„Wie bedauerlich. Aber glücklicherweise werdet Ihr die nächste Nacht ja wieder in Eurem eigenen Bett verbringen." Sie war nicht in Form für Diplomatie.

„Oh, Anja, der Graf möchte noch hierbleiben, wir haben gerade darüber gesprochen. Du hast doch nichts dagegen?"

„Warum sollte ich?" Anja lachte auf. Aber sogar in ihren eigenen Ohren klang das Geräusch falsch.

Lili runzelte wieder die Stirn. „Geht es dir wirklich gut?"

Anja riss sich zusammen. „Ja, Liebes. Und ich freue mich, wenn Graf Oberstorf noch bleiben möchte."

„Wie schön." Lili klatschte in die Hände. „Ihr könnt gemeinsam ausreiten. Der Graf hätte sich gerne die Umgebung angesehen."

„Ihr könnt gerne mitkommen, Komtess Lili. Ich würde mich sehr freuen“, sagte der Graf in diesem Moment.

„Danke, aber ich reite nicht gerne. Und ich muss noch meine Stickerei fertig machen.“

Anja nahm ihre ganze Beherrschung zusammen und sah dem Grafen ins Gesicht. „Natürlich zeige ich Euch gerne die Umgebung, Graf Oberstorf.“

Er erwiderte ihren Blick. „Das ist sehr freundlich von Euch, Komtess. Treffen wir uns in einer Stunde bei den Pferden?“

„Gerne.“ Anja nahm eine Scheibe Brot und bestrich sie mit Butter.

„Dann bitte ich Euch, mich zu entschuldigen, ich werde mich umziehen.“ Er erhob sich mit einer kleinen Verbeugung.

Anja nickte mit vollem Mund und Lili lächelte ihm zu. „Wir sehen uns dann beim Mittagessen.“

Nachdem sich die Tür hinter dem Grafen geschlossen hatte, nahm sich Lili auch eine Scheibe Brot. „Ich finde, er ist sehr nett. Was meinst du?“

„Ja, das ist er." Anja bemühte sich um einen neutralen Tonfall.

„Er sieht gut aus. Ich habe noch nie einen Mann mit so schwarzem Haar gesehen", fuhr sie fort.

„Du hast überhaupt noch nicht viele Männer gesehen", dachte Anja, sagte aber nichts.

„Und er war in Wien. Und er wird wieder hinfahren, er hat ja ein Haus dort." Sie warf Anja einen verträumten Blick zu. „Wenn ich einmal heirate, dann nur einen Mann, der ein Haus in Wien hat."

„Ja, das ist eine gute Idee", sagte Anja trocken.

„Du lachst mich aus." Lili zog eine Schnute. „Nur, weil du nicht heiraten willst."

Das Thema war genau das, was Anja jetzt diskutieren wollte. „Ich lache dich nicht aus. Es ist sehr vernünftig, wenn du dir Gedanken machst, wie dein zukünftiger Mann sein soll. Erzähl mir davon."

Lili legte die Stirn in Falten. „Er soll gut aussehen und freundlich zu mir sein. Bei mir sitzen, wenn ich sticke. Mich loben, wenn ich etwas gut gemacht habe. Und er muss Kinder mögen. Viele Kinder."

Anja seufzte. Unmittelbar nach Lilis siebzehnten Geburtstag hatte sie mit ihr darüber gesprochen, was die Ehe so mit sich brachte und wie ein Ehepaar Kinder bekam. Ihre Schwester war zwar verwundert gewesen, aber nicht halb so schockiert wie Anja es gewesen war, als ihr Karoline, die alte Hebamme, die sie beide auf die Welt geholt hatte, den gleichen Dienst erwies.

„Vielleicht erfüllen sich deine Wünsche ja bald." Anja griff nach der Kaffeekanne.

„Oh ja, das wäre schön. Ich würde gerne heiraten. In einen Kleid mit einem ganz langen Schleier und einem Krönchen", seufzte sie verträumt. „Es muss wunderbar sein verheiratet zu sein."

„Ja, manchmal ist es das wohl." Anja dachte an ihre Mutter und ihren Vater. Für die beiden musste es wirklich wunderbar gewesen sein. Nur leider viel zu kurz.

„Und wie müsste der Mann sein, den du heirateten würdest, falls du jemals doch heiraten wolltest?“ Lili schob sich eine Weintraube in den Mund.

Anja dachte nach und verscheuchte ein Gesicht aus ihren Gedanken. „Er muss mich lieben. So wie ich bin und nicht so, wie er mich haben möchte. Er muss mich respektieren und er muss akzeptieren, dass ich nicht immer seiner Meinung bin und darf mich deshalb nicht verurteilen. Er muss mir Zeit für mich selbst geben. Er muss die Natur lieben, Pferde, Hunde. Und er soll Geld haben und ein Haus in Wien, damit ich dich immer einladen kann.“

Lili klatschte in die Hände. „Ach, Anja, du denkst immer nur an andere. Wie lieb von dir!“ Sie sprang auf und fiel ihr um den Hals.

Während sie den Rücken ihrer Schwester tätschelte, dachte Anja wieder daran, dass alles anders wäre, wenn sie wirklich nicht nur an sich gedacht hätte.

Sie zog sich ihr Reitkostüm alleine an, in der Meierei hatte sie gelernt, ohne Hilfe einer Zofe zurechtzukommen. Pünktlich zur vereinbarten Zeit schritt sie über den Hof zu den Stallungen.

Der Graf hatte sein Pferd gesattelt und führte es gerade aus dem Stall. „Ich wusste nicht, ob Ihr im Damensattel reiten wollt, deshalb habe ich Euren Hengst noch nicht gesattelt."

Er zwinkerte ihr zu und Anja fühlte wie ihre Wangen heiß wurden.

„Danke für Eure Hilfe, leider haben wir hier keinen Reitknecht." Sie ging an ihm vorbei zu der Wand, an der die Sättel hingen. „Es ist dieser da."

Mühelos hob der Graf den schweren Damensattel vom Haken und trug ihn zu Hannibal. Während er ihn auf dem Rücken des Pferdes festschnallte, kümmerte sich Anja um das Zaumzeug.

„Wir werden also alleine ausreiten?"

Natürlich überraschte ihn das. Im Grunde war es ungehörig, aber was sollte sie tun? „Ja, weder Fritz noch Helene können reiten und Lili hat Angst vor Pferden, auch wenn sie das niemals zugeben würde." Sie zuckte die Schultern. „Es sind diese Kleinigkeiten, die zeigen, das alles ganz anders geworden ist. Und mein Ruf ... hier bin ich nicht die Tochter des Schlossherrn, sondern *eine, die mit ihrer Schwester in der Meierei wohnt.*" Sie sah ihn an. „Wenn Euer Freund nicht um Lilis Hand anhält, wird sie wohl mit einem der Bauern aus der Umgebung vorlieb nehmen müssen. Alles andere sind nur schöne Träume."

Sie stellte den Schemel vor den Sattel und schwang sich auf das Pferd. Natürlich wäre sie lieber im Herrensitz geritten, aber es war schon unschicklich genug, mit einem Mann alleine unterwegs zu sein. Sie musste zumindest den Anschein von Ehrbarkeit nach außen hin aufrecht erhalten.

Sie lenkte Hannibal aus dem Stall und wartete im Hof darauf, dass auch der Graf auf sein Pferd stieg. Nebeneinander ritten sie im Schritt zum Weg, der hinaus auf die Felder führte.

„Ich beginne erst, mich hier zurecht zu finden. Auf Altenburg hätte ich Euch viele versteckte Flecken zeigen können. Wenn wir uns hier an den Weg halten und bei der ersten Gabelung nach rechts wenden, kommen wir zu einem Fischteich."

Der Graf hatte ihr ganze Zeit hindurch schweigend zugehört. „Das klingt doch nett. Machen wir Tempo.“

Er trieb das Pferd mit einem Schenkeldruck zu einer schnelleren Gangart an und Anja beeilte sich, ihm zu folgen. Sie war froh darüber, keine Unterhaltung mehr am Leben erhalten zu müssen.

Wenig später erreichten sie ihr Ziel. Der Teich lag idyllisch und sonnenbeschienen vor ihnen. Der Graf stieg ab und half dann Anja vom Pferd. Gemeinsam führten sie die Tiere ans Ufer zum Trinken und banden sie danach an einen Baum. Dann gingen sie nebeneinander durch das hohe Gras, und Anja zermarterte sich das Gehirn nach einem unverfänglichen Gesprächsthema, um das peinliche Schweigen zu beenden.

Der Graf blieb stehen und blickte auf den See hinaus. Anja reckte den Hals, aber sie konnte nichts entdecken. Gerade als sie fragen wollte, was es da gab, sagte der Mann neben ihr: „Ich kann so nicht weitermachen.“

Er drehte sich zu ihr. „Ich habe mich zwar entschuldigt, aber es tut mir nicht leid. Ganz und gar nicht.“

Anjas Herz schlug bis zum Hals. „Bitte ...“

„Ich weiß, dass es gegen alle Regeln ist, aber ich will herausfinden, was mich zu Euch zieht. Gestern Abend dachte ich, dass vielleicht der Wein schuld daran war, aber heute hat sich nichts daran geändert.“ Er nahm sie an den Schultern. „Wenn Ihr nichts davon spürt, wenn Ihr wollt, dass es zu Ende ist, dann sagt es jetzt und ich werde gehen. Ich werde die Meierei verlassen und Ihr werdet mich nie wiedersehen.“

Seine hellen Augen sahen sie so durchdringend an, dass ihr der Atem stockte. Sie wusste nicht, was sie sagen sollte. Sie wusste nur, dass sie nicht wollte, dass er ging. Dass er sie verließ. Auch sie spürte, dass etwas zwischen ihnen geschah, für das sie keine Erklärung hatte.

Unfähig, das alles in Worte zu fassen, schloss sie die Augen. Dann spürte sie seinen Mund auf ihrem und alles verlor sich in einem leuchtenden Nebel.

Als er den Kopf hob, brachte sie keinen Ton heraus. Niemals hatte sie sich Gedanken darüber gemacht, wie es war, wenn man sich verliebte. Sie hatte immer gedacht, dass sie für dieses Gefühl unempfänglich war und über andere mild gelächelt. Aber sie hatte auch nie gedacht, dass es einen Mann geben könnte, der sie dermaßen anzog und faszinierte. Und der so völlig anders war als alle anderen Männer, die ihr jemals begegnet waren.

„Soll ich gehen?“, fragte er heiser.

Mit Mühe schaffte sie es, den Kopf zu schütteln. „Aber ... ich weiß nicht ... wo es enden wird.“

„Das weiß ich auch nicht. Aber gemeinsam finden wir es vielleicht heraus.“ Zur Bekräftigung seiner Worte küsste er sie wieder.

Später saßen sie auf einem gefällten Baumstamm. Anja hatte den Kopf auf Martin Schulter gelegt. Sie war glücklich, einfach unbeschreiblich glücklich.

„Was hältst du davon, nach Oberstorf zu kommen? Mit Lili natürlich. Ich kann eine entfernte Tante als Anstandsdame einladen.“

„Lili wäre begeistert, aber nur wenn du uns in dein Haus in Wien einlädst.“

„Auf Oberstorf könnten wir uns besser kennenlernen. Und es ist groß genug, dass es nicht auffällt, wenn wir gemeinsam verschwinden“, fügte er verschwörerisch hinzu.

„Ach, deshalb die Anstandsdame.“ Sie lachte.

„Außerdem möchte ich es dir gerne zeigen.“

Anja schloss die Augen. „Und ich möchte es gerne sehen.“

„Dann gilt es?“

„Ja. Ich werde alles mit Lili besprechen und sobald deine Tante eingetroffen ist, reisen wir.“

„Dann lass uns zurückreiten.“ Er stand auf und streckte ihr die Hand entgegen.

Einträchtig kehrten sie zur Meierei zurück und versorgten die Pferde. Nach einem letzten Kuss gingen sie ins Haus. Kaum, dass sie die Tür zum Kaminzimmer geöffnet hatten, stürzte ihnen Lili entgegen.

„Ist es wahr? Ist es wirklich wahr? Warum hast du mir nichts gesagt, Anja?“, rief sie aufgeregt.

„Wovon sprichst du?“ Anja entdeckte Dr. Seiberg, der sich vom Sofa erhob.

„Davon, dass der Graf gekommen ist, weil er um meine Hand anhalten will.“

Anjas Knie wurden weich. „Wie bitte?“

„Ach, tu doch nicht so. Dr. Seiberg hat mir alles erzählt. Er ist hier, um den Ehevertrag mit dir durchzugehen.“

Der Justitiar kam auf Anja zu. „Verehrte Komtess, es freut mich zu hören, dass Ihr Euch mit Graf Oberstorf geeinigt habt, und ihn als Mann für Eure Schwester akzeptiert.“ Er lächelte. „Und ich freue mich ganz besonders, dass Komtess Lili so glücklich ist.“

„Dr. Seiberg, kommt, auf ein Wort.“ Der Graf packte den Justitiar am Arm und zerrte ihn aus dem Zimmer.

Alles um Anja herum drehte sich. Hilfesuchend sah sie sich um und sank schließlich auf einen Stuhl. Jetzt machte alles

Sinn. Er hatte sich seine Braut ansehen wollen und war deshalb einfach mit einem Vorwand in die Meierei gekommen. Stattdessen hatte er die Frau gefunden, die ihm einen Streich gespielt hatte und wollte ihr eine Retourkutsche geben.

„Du hättest es mir sagen sollen, Anja“, sagte Lili vorwurfsvoll. „Wir haben doch nie Geheimnisse vor einander gehabt.“

Wie in Trance hob Anja den Kopf. „Ja, du hast Recht. Ich hätte es dir sagen sollen. Ich wusste nur nicht, wie. Ich wusste auch nicht, ob du ihn magst.“

„Natürlich mag ich ihn. Er ist so nett. Und er sieht so gut aus. Wer würde ihn nicht mögen? Es wird sicherlich wunderbar, seine Frau zu sein, Gräfin Lili von Oberstorf.“

9

„Was zum Teufel habt Ihr getan?“, herrschte Martin den Justitiar an, sobald sich die Tür eines leeren Zimmers hinter ihnen geschlossen hatte.

Dr. Seiberg riss sich los. „Nichts. Was fällt Euch ein! Komtess Lili begrüßte mich und erzählte voller Freude von Eurem Besuch. Und dass Ihr mit der Komtess Anja ausgeritten wäret. Da habe ich ihr gratuliert. Zu ihrer baldigen Eheschließung.“

Martin ballte die Hände zu Fäusten und atmete tief durch.

„Ihr wolltet sie doch heiraten, wenn die Schwester einverstanden ist. Deshalb habe ich doch den Ehevertrag aufgesetzt“, redete der Justitiar weiter. „Und nach den Erzählungen von Komtess Lili ist sie einverstanden. Zu dritt habt ihr einen harmonischen Abend zusammen verbracht und seid heute mit der Schwester ausgeritten. Um die Einzelheiten zu besprechen, wie ich annahm."

Martin erwiderte so ruhig wie möglich. „Die Fakten sind korrekt. Die Schlüsse, die Ihr daraus gezogen habt, allerdings nicht."

„Was soll das heißen?" Der Justitiar brachte seine Kleidung in Ordnung.

„Später. Aber ich hoffe inständig, dass ich nicht vor den Scherben meines Glücks stehe." Er wandte sich ab, um zurück zu den beiden Frauen zu gehen.

Ehe er die Türe öffnete, wappnete er sich gegen die Auseinandersetzung, die zweifelsohne folgen würde. Er verstand vollauf, dass sich Anja getäuscht und hintergangen fühlte. Und er hoffte, dass sie seinen Erklärungen Glauben schenken würde.

Die beiden Frauen blickten ihm entgegen. Lili mit einem strahlenden Gesicht, Anja mit versteinerter Miene. Er ging auf Anja zu, aber noch ehe er etwas sagen konnte, lächelte sie ihn an. „Graf Oberstorf, meine Schwester verzeiht uns die Heimlichtuerei. Sie versteht, dass es nur zu ihrem Besten war. Und selbstverständlich kann sie es gar nicht erwarten, Eure Gattin zu werden."

Er traute seinen Ohren nicht. „Anja ..."

Sie lachte. „Oh natürlich, wir dürfen uns jetzt ja beim Vornamen nennen, Martin." Sie winkte ihre Schwester heran. „Lili, begrüße deinen Zukünftigen."

Das junge Mädchen strahlte übers ganze Gesicht. „Martin. Ich bin so glücklich, Eure Frau zu werden."

Hilflos sah Martin von einer Schwester zur anderen. Auf Anjas Gesicht lag noch immer das eingefrorene Lächeln. *Wenn Euer Freund nicht um Lilis Hand anhält, wird sie wohl mit einem der Bauern aus der Umgebung vorlieb nehmen müssen. Alles andere sind nur schöne Träume.* Siedend heiß fielen ihm Anjas Worte ein. Und er begriff. Sie würde dem Glück ihrer Schwester oder dem, was sie dafür hielt, nicht im Weg stehen. Sogar, wenn sie selbst dadurch unglücklich werden würde. Sie machte sich für die ganze Situation verantwortlich, und deshalb wollte sie Lili eine gesicherte Zukunft bieten.

Hinter ihm ertönte Dr. Seibergs Stimme. „Wie schön, ich habe den Ehevertrag ja bereits vorbereitet."

Martin betrachtete das Mädchen, das ihn mit geröteten Wangen anhimmelte und das er ganz bestimmt nicht heiraten würde. Aber das konnte er nicht laut sagen. Nicht, ohne ihr eine Wunde zuzufügen, die ein ganzes Leben lang schmerzen würde.

„Lili", begann er langsam und griff nach ihren Händen. „Auch ich freue mich. Aber wir sollten uns besser kennenlernen, ehe wir vor den Altar treten."

Zeit, das war das Einzige, was ihn jetzt retten konnte. Er musste versuchen, Zeit zu gewinnen. Und einen Ausweg suchen. Im Hintergrund hörte er, wie sich der Justitiar lautstark räusperte. Die Testamentsklausel. Im Moment kümmerte es ihn einen feuchten Kehricht, was mit dem Besitz geschah.

Lili strahlte ihn an. „Ja, Martin natürlich. Ich bin ja so glücklich."

Martin überwand sich und küsste sie auf die Stirn. Dann kam ihm eine geradezu teuflische Idee. „Ich möchte, dass du nach Oberstorf kommst. Deine Schwester Anja begleitet dich als Anstandsdame. Dagegen ist doch nichts einzuwenden, Dr. Seiberg?"

„Natürlich nicht", antwortete der Justitiar leutselig. „Eine wunderbare Idee."

Über Lili Kopf hinweg sah er Anja an und registrierte zufrieden, dass das eingefrorene Lächeln endlich von ihrem Gesicht verschwunden war und das ihm der Blick in ihren Augen einen baldigen und äußerst schmerzhaften Tod versprach.

Anja starrte Martin an. Sie konnte nicht anders. Seine Unverschämtheit nahm ihr den Atem. Nicht nur, dass er sie getäuscht hatte, er machte ihrer Schwester – sogar mit denselben Worten – den gleichen Vorschlag, den er ihr selbst unterbreitet hatte. Und jetzt sollte sie die Anstandsdame spielen!

Sie kämpfte darum, eine nonchalante Haltung einzunehmen. „Ja, in der Tat, das ist eine ganz wunderbare Idee, nicht wahr Lili?"

„Können wir nicht nach Wien fahren? Dort habt Ihr doch auch ein Haus, Martin?", fragte Lili.

„Vielleicht später. Nach unserer Hochzeit", entgegnete Martin freundlich, aber mit einem Unterton, der keinen Widerspruch duldete.

Anja betrachtete den Mann, der es als erster und einziger geschafft hatte, in ihr den Wunsch nach Heirat zu wecken. Wie konnte sie sich nur so getäuscht haben? Er war ein Despot, der keinen Widerspruch duldete. Wie alle anderen Männer, die sie kannte. Gut, dass sie es rechzeitig gemerkt hatte. Lili brauchte einen Ehemann, der ihr die Richtung und klare Linien vorgab, aber sie selbst würde in einer solchen Beziehung verwelken wie eine Blume ohne Wasser und Licht.

Sie straffte sich. „Nun gut, das Mittagessen ist bestimmt schon fertig, gehen wir ins Esszimmer."

Während der Mahlzeit bemühte sie sich, eine lose Konversation aufrecht zu erhalten, an der sich vor allem Dr. Seiberg beteiligte. Den restlichen Tag brachte sie hinter sich, ohne genau zu wissen wie. Erst als sie spätabends zu Hannibal in den Stall ging, merkte sie, wie die Stunden verflogen waren.

Sie griff nach der Bürste und begann den Hengst mit kräftigen Strichen zu striegeln. Die methodische Arbeit tat ihrer inneren Unruhe gut.

„Wir müssen reden."

Sie fuhr herum und ließ die Bürste fallen. Auf einem Holzbalken saß Martin.

„Ach ja, und worüber?" Sie hob die Bürste auf und wandte sich wieder Hannibal zu.

Er erhob sich und blieb auf der anderen Seite des Pferdes stehen. „Das alles war nicht meine Absicht."

„Das glaube ich dir sogar. Deine Absicht war, ein wenig im Umfeld der Frau zu spionieren, die du heiraten wolltest. Oder solltest. Ein sehr ehrenhaftes Verhalten."

„Ja, ich wollte Lili kennenlernen, ehe der Vertrag unterzeichnet wird. Ist das wirklich so verwerflich?"

Anja zuckte die Schultern. „Ich bin sicher, dass es dazu andere Wege gibt, als sich heimlich einzuschleichen. Hat es Spaß gemacht, mir für meine Maskerade und für mein Verschwinden einen Denkzettel zu verpassen?"

Er runzelte die Stirn. „Was meinst du?"

„Mich so weit zu bringen, deinem Geschwätz von Liebe zu glauben, obwohl ich dachte, dagegen immun zu sein und dann mit einem Liedchen auf den Lippen davonzuschlendern."

„So war es nicht."

„Ach, nein?"

„Nein." Er ging um das Pferd herum, blieb vor ihr stehen und nahm ihr die Bürste aus der Hand. „Alles, was ich zu dir gesagt habe, ist wahr. Aber ..."

„Aber?"

„Aber ich bin hierher gekommen, weil ich Lili kennenlernen wollte, ohne das Zeremoniell einer Brautwerbung. Ich wollte sehen, ob sie so ist, wie Dr. Seiberg sie beschrieben hat."

„Jung und formbar und gehorsam. Bereit, sich in allem deinen Wünschen unterzuordnen."

Er fuhr sich durchs Haar. „Ja, verdammt. Ich dachte, das wäre die einfachste Lösung für eine Ehe."

„Und, hat Dr. Seiberg die Wahrheit über meine Schwester gesagt?"

„Ja, er hat Lili gut beschrieben. Sie entspricht voll und ganz den Anforderungen, die ich ihm mitgegeben habe." Einen Moment lang schloss er die Augen. „Nur habe ich in den letzten Tagen entdeckt, dass ich es nicht einfach haben will."

Der Blick, mit dem er sie ansah, brachte Anjas Herz dazu, schneller zu schlagen.

„Und deshalb denke ich, dass du die richtige Frau für mich bist."

Sie versuchte sich nicht anmerken zu lassen, wie sehr diese beinahe nebensächlich ausgesprochenen Worte sie bewegten.

„Diese Erkenntnis kommt leider etwas spät", entgegnete sie schnippisch. „Immerhin bist du jetzt mit meiner Schwester verlobt."

„Ich werde sie nicht heiraten. Niemals. Ich wollte nur Zeit gewinnen, um sie nicht zu verletzen."

„Wenn du die Verlobung löst, wirst du sie verletzen, egal wie viel Zeit auch vergangen ist. Sie ist in dich verliebt."

„Sie ist in das Gefühl verliebt, verliebt zu sein. Nicht in mich."

„Aber das Ergebnis ist dasselbe." Anja strich sich eine Haarsträhne aus dem Gesicht. „Du hast bekommen, was du wolltest. Nimm es und sei zufrieden damit."

Er sah sie mit gerunzelter Stirn an, dann zog er sie unvermittelt an sich und küsste sie, ehe sie wusste, was vor sich ging.

„Bin ich nicht und werde ich nie sein", sagte er als er sie losließ. „Und du kannst mir nicht erzählen, dass du damit zufrieden bist."

„Um mich geht es nicht. Himmel, wir kennen uns gerade einmal zwei Tage. Wir wissen nicht, was wir fühlen und ob es von Dauer ist. Ich werde nicht wegen vager Vermutungen das Glück meiner Schwester zerstören."

„Glaubst du, dass sie mit einem Mann glücklich werden kann, der sie nicht liebt und nicht achtet?"

„Du wirst gut zu ihr sein, so viel weiß ich von dir. Und das ist mehr, als manch anderer für sie tun würde."

„Du willst also wirklich, dass ich sie heirate, obwohl ich dir alles erklärt habe, obwohl ich dir gesagt habe, dass du die Frau bist, die ich liebe und mit der ich mein Leben verbringen will?"

„Es ist wie es ist. Du bist wegen Lili gekommen, Lili nimmt deinen Antrag an und ich bin einverstanden. Damit ist alles gesagt. Ich wünsche euch Glück."

Zu ihrer Erleichterung klang ihre Stimme unerbittlich und entschlossen, obwohl es in ihrem Inneren ganz anders aussah. Aber sie hatte kein Recht, Lilis Chance auf ein Leben in Sicherheit und Wohlstand aus selbstsüchtigen

Gründen zu zerstören. Dieses Mal würde sie alles richtig machen, auch wenn ihr Herz blutete.

Sie bemerkte den resignierenden Gesichtsausdruck ihres Gegenübers. „Ich bin sicher, dass du bald einsehen wirst, dass das die beste Lösung für uns alle ist."

10

Martin beugte sich über den Hals seines Hengstes, der über die in morgendlichem Dunst liegenden Felder jagte. Er hatte kein Auge zubekommen und der ganze angestaute Ärger suchte nach einem Ventil. Deshalb war er schon bei Morgengrauen ausgeritten. Wenn es nur nach ihm ging, wäre er bis ans Ende der Welt geritten, um den letzten Tag vergessen zu können.

Er zermarterte sich das Gehirn nach einer Lösung und fand keine. Egal, auf welche Weise er die Verlobung löste, Anja würde ihm noch weniger verzeihen als Lili. Und damit rückte sein Ziel in unerreichbare Ferne.

Er konnte es drehen und wenden, wie er wollte, der Alleinschuldige blieb immer er ganz alleine. Obwohl er weder den Ehevertrag unterzeichnet noch einer der beiden Frauen einen offiziellen Heiratsantrag gemacht hatte. Wie war er nur in diese unsägliche Situation gekommen?

Auf dem Weg in einiger Entfernung vor ihm bewegte sich etwas. Martin kniff die Augen zusammen und lenkte sein Pferd in die Richtung. Was er zuerst für Unrat gehalten hatte, entpuppte sich als ein Mann, der ihm jetzt zuwinkte.

„Gott sei's gedankt", rief er Martin entgegen. „Ich warte hier schon seit Stunden."

Martin brachte den Hengst zum Stehen und stieg ab. „Was ist geschehen?"

„Bin gestürzt. Gestern auf dem Nachhauseweg. Der letzte Schoppen war wohl zu viel." Er versuchte sein Bein auszustrecken. „Muss verstaucht sein, wenn nicht noch schlimmer."

Der Mann war jung, knapp zwanzig und gekleidet wie ein Landarbeiter. Martin hockte sich hin und tastete das Bein ab. „Ich bin kein Arzt. Wie weit ist es ins Dorf?"

„Zu Fuß eine gute halbe Stunde."

„Glaubst du, dass du auf mein Pferd kommst, wenn ich dir helfe?"

Der Mann riss die Augen auf und musterte zuerst den Hengst, dann Martin. „Auf jeden Fall, guter Mann. Vergelt's Gott, Euch schickt der Himmel“, fügte er dann respektvoll hinzu.

„Das werden wir erst sehen.“ Martin ging um ihn herum und packte ihn dann unter den Achseln. „Auf drei versuchst du aufzustehen.“

Er zählte und bei drei zog er den Mann, der sich gleichzeitig mit seinem heilen Bein abstieß, hoch. Etwas wackelig hielt er sich an Martin fest und humpelte auf ihn gestützt zum Pferd. Es brauchte einige Versuche, dann saß er im Sattel und Martin griff nach den Zügeln.

„Ich weiß gar nicht, wie ich Euch danken soll. Schön langsam wurde mir richtig kalt.“

„Wie lange bist du denn dort gelegen?“

„Na ja, ein paar Stunden werden's schon sein. Der Wirt hat mich lang nach Mitternacht rausgeschmissen, weil er sich selbst aufs Ohr hauen wollte. Ganz schön frech, wenn ich daran denke, wie oft er mir den Becher mit seinem gepanschten Roten gefüllt hat. Auf jeden Fall war es tiefschwarze Nacht, als ich mich auf den Weg gemacht habe. Kein Wunder, dass ich gestürzt bin. Und schuld dran ist nur dieses blöde Weibstück."

„Ja. Die Weiber sind schuld an unserem Untergang", pflichtete ihm Martin bei.

Der Mann lachte meckernd. „Ist bei den Wohlgeborenen auch nicht anders, was?"

„Wie recht du hast."

„Meine hat mich sitzen lassen, Marie, dieses Miststück. Ein Jahr lang hat sie mit mir geschäkert und mich ihre Schätze kosten lassen. Und dann packt sie ohne ein Wort ihre Habseligkeiten zusammen und zieht zu meinem Nachbarn und ich steh dumm da, als ich gestern Abend heimkam."

„Tja, das ist wirklich eine traurige Sache", murmelte Martin, aber die Räder in seinem Gehirn rasteten mit einem spürbaren Ruck ein. Soeben hatte er eine Lösung für sein Problem gefunden.

Gut gelaunt saß er am Frühstückstisch und unterhielt sich mit Lili und Dr. Seiberg, während sich Anja wortkarg gab.

„Gehen wir ein wenig spazieren, liebe Lili?“, fragte er, als man sich erhob.

„Natürlich gerne. Ich hole nur meinen Mantel und meinen Hut.“

Anja warf ihm einen Blick zu, sagte aber nichts, sondern verließ einfach das Zimmer.

Dr. Seiberg gesellte sich zu ihm. „Ich muss heute weiterreisen, aber ich lasse den Ehekontrakt hier. Wenn Ihr den Moment für gekommen haltet, dann unterzeichnet ihn gemeinsam mit Lili.“

„Ja, das werde ich tun.“ Er log ohne mit der Wimper zu zucken und schüttelte dem Justitiar die Hand. Dann holte er seine Jacke und machte sich mit Lili auf den Weg.

Die nähere Umgebung der Meierei war eher trostlos, wie er bald feststellte. Er hatte Lili ermutigt, ihm etwas aus ihrem Leben zu erzählen und das Mädchen plapperte fröhlich drauflos, ohne zu merken, dass er sich langweilte.

Dennoch hörte er sich geduldig eine Geschichte nach der anderen an, begonnen von verloren geglaubten Püppchen über Strafarbeiten der verschiedenen Hauslehrer bis zu heimlich geöffneten Weinflaschen.

Als sie schließlich eine Pause machte, sagte er wie nebenbei: „Vielleicht hätten wir doch die Pferde nehmen sollen."

„Oh, nein, ganz bestimmt nicht." Jede Fröhlichkeit war aus ihrer Stimme gewichen. „Ich mag Pferde nicht so sehr."

Er runzelte die Stirn. „Das wusste ich nicht. Aber, Lili, wenn du die Gräfin Oberstorf bist, dann gehört zu deinen Pflichten, dass du regelmäßig die Pächter besuchst und das geht nun einmal nur zu Pferde." Er sah sie ernst an und hoffte, dass seine selige Mutter, die immer in einem leichten Wagen gefahren war, ihm diese Lüge verzeihen möge. Schließlich diente sie einem höheren Zweck.

„Aber natürlich darfst du dir dein Pferd aussuchen und ich werde mit dir üben, wie man reitet. Glaub mir, wenn du es erst kannst, dann wird es dir viel Spaß machen.“ Er lächelte sie voller Zuversicht an und versuchte die Gewissensbisse, die ihre sichtbare Verzweiflung in ihm aufsteigen ließ, zu verdrängen.

„Wenn du es wünscht, Martin, dann lerne ich es natürlich.“ Sie senkte den Kopf, damit er ihr nicht ins Gesicht sehen konnte.

Schweigend gingen sie nebeneinander her, bis Martin schließlich entschied, zur Meierei zurückzukehren. Als sie das Haus erreichten, verschwand Lili mit einer gemurmelten Entschuldigung auf ihr Zimmer.

Sehr mit sich zufrieden, ging Martin ins Kaminzimmer und goss etwas Kognak in ein Glas. Er trat ans Fenster und sah hinaus. Ein Reiter lenkte sein Pferd über den Hof zu den Stallungen. Offenbar war er mit den Gegebenheiten vertraut, denn er schritt wenig später ohne zu zögern zum Haustor.

Martin blickte ihm entgegen, als er das Kaminzimmer betrat. Er war ein schlaksiger, kaum den Kinderschuhen entwachsener Junge mit einem offenen Gesicht. Offenbar überraschte ihn die Anwesenheit eines anderen Gastes, aber er fing sich schnell. „Mein Name ist Baron Wolfgang von Zwenck, ich bin ein Freund der Familie“, sagte er und streckte die Hand aus.

„Martin von Oberstorf, erfreut Eure Bekanntschaft zu machen.“ Er verzichtete auf eine Erklärung, was er hier tat und wurde auch einer Konversation enthoben, da Anja den Raum betrat.

„Wolfgang, wie schön dich zu sehen.“ Sie reichte ihm beide Hände und ließ sich auf die Wange küssen. „Graf Oberstorf hast du ja bereits kennengelernt. Er hat um Lilis Hand angehalten.“

Das Lächeln verschwand von Wolfgangs Gesicht, als er sich wieder zu Martin wandte. „Oh, ich wusste nicht, dass eine Verlobung geplant ist. Meine aufrichtigsten Glückwünsche.“

„Danke.“ Martin musterte den jungen Mann und war sich nicht sicher, ob die Wünsche tatsächlich aus vollem Herzen kamen.

„Darf ich dir etwas anbieten, Wolfgang?“, fragte Anja freundlich.

„Ja, einen Kognak bitte."

Anja nahm eine Kristallflasche von der Anrichte und füllte ein bereitstehendes Glas, das sie ihm reichte.

„Danke, Anja."

Eine unangenehme Stille breitete sich aus, aber Martin hatte nicht die Absicht, sie zu unterbrechen. Er trat wieder ans Fenster.

„Ich hoffe, bei deinen Eltern ist alles in Ordnung?", fragte Anja, während sie sich setzte.

„Ja, danke der Nachfrage. Ich soll Grüße überbringen. Meine Mutter beabsichtigt, dir demnächst einen Besuch abzustatten."

„Wie nett von der Baronin. Nur werden wir in den nächsten Tagen nach Oberstorf reisen, damit Lili ihr neues Heim kennenlernt. Aber spätestens nach der Hochzeit würde ich mich über einen Besuch sehr freuen."

Anjas Stimme verriet nichts davon, was sie wirklich dachte. Wieder einmal rang ihre Haltung Martin widerwillige Bewunderung ab.

„Ich werde es Mutter ausrichten. Gibt es schon einen Termin für die Hochzeit? Immerhin befindet sich Lili ja noch in Trauer“, setzte der Baron hinzu.

Martin fand es an der Zeit, sich an der Konversation zu beteiligen. „Es wird eine Feier im kleinsten Kreis. Damit nehmen wir Rücksicht auf das Trauerjahr.“

Diese Antwort brachte den Baron dazu, auf seinem Stuhl noch ein Stück in sich zusammenzusinken. „Wie schön“, antwortete er kaum hörbar.

In diesem Augenblick betrat Lili den Raum. Offensichtlich hatte sie den Schrecken über die Mitteilung, reiten lernen zu müssen, wieder überwunden.

„Wolfgang, welche Freude.“ Sie lief zu ihm und ließ sich wie Anja auf die Wange küssen. Dann bemerkte sie Martin und ihr Gesicht rötete sich. „Baron von Zwenck ist ein alter Freund der Familie, er ist wie ein Bruder für Anja und mich“, rechtfertigte sie ungefragt die vertraute Geste.

„Nun, wenn das so ist ...“ Trotz seiner Worte sah er Lili mit einem strafenden Gesichtsausdruck an.

Das Mädchen schluckte und suchte sich einen Platz neben ihrer Schwester. Wieder machte sich eine unangenehme Stille im Raum breit.

Martin hatte Erbarmen. „Verehrter Baron, als enger Freund der Familie seid Ihr natürlich herzlich eingeladen, an der Hochzeitsfeier teilzunehmen."

„Danke, Graf Oberstorf, natürlich nehme ich die Einladung gerne an." Sein Gesichtsausdruck strafte die Worte Lügen.

Martin legte die Stirn in Falten. „Ich überlege gerade ... wolltet Ihr vielleicht die beiden Komtessen nach Oberstorf begleiten? Ich weiß, es kommt ein wenig überstürzt, aber wenn Ihr für die beiden Damen ein großer Bruder geworden seid, dann beruhigt es Euch bestimmt zu sehen, in welchem Rahmen sich Lili als Gräfin Oberstorf bewegen wird."

Er fing einen Blick von Anja auf. Sie sah ihn an, als hätte er den Verstand verloren. Unbekümmert lächelte er ihr zu und sie senkte den Kopf.

Der Baron wand sich sichtlich. „Nun, ich weiß nicht ..."

„Bitte komm mit, Wolfgang, es würde mich sehr freuen, wenn du uns begleitest." Lili sah ihn mit großen Augen an.

Seufzend gab der Baron nach. „Nun, dann begleite ich euch. Wann soll die Reise losgehen?"

„Morgen früh. Wir werden am späten Abend in Oberstorf eintreffen."

11

So war es dann auch. Kurz vor Mitternacht erreichte die Kutsche Schloss Oberstorf. Der Graf hatte eine Botschaft geschickt und so standen alle Bediensteten ungeachtet der späten Stunde aufgereiht in der Halle.

Martin schritt die Reihe mit Lili ab und stellte jeden Einzelnen mit Namen und Aufgabenbereich vor. Anja, die mit Wolfgang hinter den beiden ging, merkte, wie das Lächeln ihrer Schwester immer angestrengter wurde.

Schloss Oberstorf war weit größer als Altenburg. Während sie selbst die hohen, mit Stukkaturmalerei verzierten Räume eindrucksvoll und ausgesprochen repräsentativ fand, war es offensichtlich, dass sich ihre Schwester verloren fühlte. Sie umklammerte Martins Arm und ihre Schritte wurden kleiner und kleiner.

Beim leichten Abendessen, das in einem eleganten Salon vorbereitet worden war, stocherte Lili nur auf ihrem Teller herum.

Ihre Zimmer lagen nebeneinander, und jede von ihnen wurde von einer Zofe empfangen, die sie für die Nacht zurecht machte. Obwohl sie müde war, ging Anja zu ihrer Schwester, um nach dem Rechten zu sehen und ihr eine gute Nacht zu wünschen.

Lili verschwand in dem riesigen Bett beinahe. Sie blickte ihrer Schwester aus müden Augen entgegen. Anja beugte sich über sie und küsste sie auf die Stirn. „Gute Nacht, Liebes."

Lili Finger fuhren ruhelos über das feine Leinen der Decke. „Es ist alles so groß hier."

„Oberstorf ist ein alter Name, und das Schloss wurde oft erweitert und umgebaut", versuchte Anja zu erklären.

Lili seufzte. „Es ist zu groß. Wie soll ich mich hier jemals zurecht finden?"

„Mach dir keine Sorgen, Liebes. Eine Nacht voll Schlaf und morgen sieht alles ganz anders aus." Zuversichtlich lächelte sie ihre Schwester an und gähnte dann hinter vorgehaltener Hand. „Ich bin auch müde, es war ein langer Tag."

Lili nickte und rutschte tiefer in die Kissen. „Gute Nacht, Anja."

In ihrem eigenen Bett hatte Anja dann Schwierigkeiten einzuschlafen. Sie dachte daran, wie sehr ihr Leben innerhalb weniger Tage auf den Kopf gestellt worden war. Alles schien sich aufzulösen, zuerst der Verlust ihres Elternhauses, der Tod ihres geliebten Vaters, die Verantwortung für ihre Schwester, das unverhoffte Auftauchen eines Mannes, der ihr Herz dazu gebracht hatte, schneller zu schlagen und der sich einen Atemzug später als windiger Betrüger erwiesen hatte, nur um dann wieder zu seinem Wort zu stehen und ihrer Schwester eine gesicherte Zukunft zu bieten.

Sie wälzte sich herum. Im Grunde war sie fest entschlossen gewesen, dem Grafen nach allem, was geschehen war, mit eisiger Höflichkeit entgegenzutreten und sich unbeirrbar von ihm fernzuhalten. Auch war sie überzeugt davon gewesen, dass ihr das nicht schwer fallen würde.

Jetzt musste sie sich allerdings eingestehen, dass sie sich nach wie vor von ihm angezogen fühlte, und dass diese Anziehung stärker statt schwächer wurde.

Er war mit ihnen in der Kutsche gereist, obwohl er zweifellos viel lieber auf seinem Pferd gesessen hätte. Außerdem hatte er sich bemüht, Lili in alle Gespräche miteinzubeziehen und öfters nach ihrer Meinung gefragt. Aber anstatt sich darüber zu freuen und eifrig mitzutun, war Lili immer stiller geworden. Ihre hilfesuchenden Blicke zu Wolfgang und zu ihr selbst schnitten Anja ins Herz.

Das Mädchen schien blind für die wunderbare Zukunft zu sein, die vor ihm lag.

Am Frühstückstisch traf man sich wieder und der Einzige, der erholt und fröhlich aussah, war der Graf, wie Anja missmutig feststellte. Aufgeräumt erkundigte er sich nach dem Befinden seiner Gäste, machte Lili ein Kompliment über ihr Kleid und lobte das frisch gebackene, noch warme Brot.

„Das Wetter ist gut, ich schlage vor, wir beginnen die Besichtigung nach dem Frühstück mit einem Ausflug zu den Pächtern." Beifallheischend blickte er in die Runde.

„Natürlich, gerne, Martin", sagte Lili ohne Begeisterung.

„Und du darfst selbstverständlich in einem Wagen fahren. Das Reiten werden wir erst nach der Hochzeit in Angriff nehmen. Damit du dich hier gut einlebst." Er lächelte sie an und hob ihre Hand andeutungsweise an die Lippen. „Ich nehme an, du kannst kutschieren?"

Jede Farbe wich aus Lilis Gesicht. „Nein, das kann ich nicht."

Wolfgang meldete sich ohne Umschweife zu Wort. „Ich werde den Wagen lenken, Graf, dann könnt Ihr reiten. Und du auch, Anja."

Anja, die mit einem leisen Stich Eifersucht – ein völlig neues und unbekanntes Gefühl für sie – den Handkuss beobachtet hatte, blickte auf.

„Das würde ich in der Tat gerne, wenn Ihr mir ein Pferd zur Verfügung stellt, Martin."

„Ihr könnt Eure Wahl in den Stallungen treffen. Die Stallknechte helfen Euch gerne."

Sie wusste nicht, warum sie der Zusatz verletzte. Hatte sie etwa damit gerechnet, dass Martin ihr ein Pferd aussuchen würde?

Die Stallungen des Schlosses waren so groß wie die ganze Meierei. Sogar eine Reithalle gab es. Beeindruckt ließ sich Anja von zwei Stallburschen herumführen. Sie erklärten ihr die Vorzüge jedes Pferdes und da sich hier an die dreißig Tiere befanden, hätte Anja damit den Rest des Tages zubringen können. Sie entschied sich schließlich für eine isabellfarbene Stute, die ihr als temperamentvoll und schnell wie der Wind beschrieben wurde.

Man sattelte ihr Hera und half ihr beim Aufsteigen. Vor den Stallungen stand ein leichter Einspänner, auf dem Lili neben Wolfgang saß und alles andere als glücklich wirkte, den ganzen Tag unter freiem Himmel zu verbringen.

Unauffällig sah sie sich nach Martin um, konnte ihn aber nirgends entdecken. Er ritt schließlich aus einem anderen Tor der Stallungen und gesellte sich zu ihnen.

„Sind wir bereit?", fragte er gutgelaunt in die Runde. „Dann los."

Der kleine Tross setzte sich in Bewegung. Anja hielt sich zuerst hinter dem Einspänner, entschloss sich aber bald, zu Martin, der die Führung übernommen hatte, aufzuschließen.

Neugierig sah sich Anja um. Die Häuser der Pächter schienen adrett und gut gepflegt. Auf den Wiesen weideten Kühe und Schafe und auf den Feldern wurde gerade die Ernte eingebracht.

„Deine Wahl ist gut", sagte Martin so leise, dass nur sie es hören konnte.

Anja wusste nicht, wovon er sprach. „Was meinst du?"

„Hera. Ich habe sie erst vor kurzem gekauft. Ich möchte mich in den nächsten Jahren in der Pferdezucht versuchen."

Das würde Lili nicht gefallen.

„Es ist schön hier. Ich frage mich, warum es zwischen Altenburg und Oberstorf in der Vergangenheit keinen Kontakt gab. Es ist zwar weit entfernt, aber nicht so weit, dass man keine losen Verbindungen unterhalten könnte“, versuchte sie das Thema zu wechseln.

„Möglicherweise fand man auf Altenburg den ... sagen wir ... lockeren Lebenswandel der Grafen von Oberstorf nicht so ganz passend.“ Er zwinkerte ihr zu, und Anja hielt unwillkürlich den Atem an.

„Mein Vater und mein Großvater heirateten sehr spät. Sie veranstalteten rauschende Feste hier und auch in Wien. Mein Vater hatte nach dem Tod meiner Mutter wechselnde Mätressen, die er auf dem Schloss unterbrachte.“

Das erklärte tatsächlich, warum ihr Vater keine Kontakte zu Oberstorf unterhalten hatte. Mätressen in der Stadt zu haben, war eine Sache. Aber auf dem Land galten andere Regeln. Auch hatte ihr Vater sehr strenge Grundsätze gehabt, die sein Leben bestimmten. Unzucht und Völlerei waren ihm verhasst gewesen.

„Damit könntest du Recht haben. Vater hielt nicht viel von Bonvivants und Lebemännern, die nichts tun, als ihr Erbe durchzubringen.“ Sie sah ihn an. „Ich nehme an, du bist in dieser Hinsicht natürlich ganz anders als dein Vater."

Er warf den Kopf in den Nacken und begann zu lachen. „Oh danke für dein Vertrauen", sagte er dann noch immer belustigt. „Zumindest habe ich keine Mätressen auf Oberstorf."

Anja sah über die Schulter zum Einspänner. Lili saß neben Wolfgang, der sich offensichtlich bemühte, eine Unterhaltung in Gang zu bringen.

„Du wirst ihr eine solche Demütigung nicht antun, darauf darf ich mich doch verlassen?"

Er wandte sich ihr zu und alle Heiterkeit war aus seinem Gesicht verschwunden. „Ich werde nicht im gleichen Haus, in dem meine Frau lebt, meine Mätresse unterbringen. Das kann ich dir versprechen. Aber ... im Falle sich diese Ehe als Fehler herausstellt, werde ich mein Leben nicht als zölibatärer Einsiedler führen. Auch wenn ich versuchen werde, Lili dadurch keinen Schmerz zuzufügen."

Sie sollte seine Aufrichtigkeit zu schätzen wissen, aber das gelang ihr nicht so richtig.

„Mehr darf ich wohl nicht verlangen“, sagte sie deshalb langsam.

Er lenkte sein Pferd näher an ihres. „Großer Gott, Anja!“, zischte er aufgebracht. „Hast du dir eigentlich überlegt, dass diese ganze Sache vielleicht garantieren kann, dass Lili ein Leben in Wohlstand und Sicherheit führt, aber nicht, dass sie glücklich wird?“

Anja schwieg.

„Ist es das wert? Dass drei, vermutlich sogar vier Menschen unglücklich werden?“

„Du versuchst nur, dich herauszureden. Aber das gelingt dir nicht. Ich werde niemals zulassen, dass du die Verlobung löst und Lili zum Gespött der Leute machst.“

Er öffnete den Mund zu einer Erwiderung, schloss ihn aber wieder, ohne etwas zu sagen. Seine Kiefer mahlten aufeinander.

„Was ist mit Wolfgang von Zwerck? Er ist in Lili verliebt, das sieht sogar ein Blinder. Warum kann sie nicht ihn heiraten? Hat er kein Geld?“

„Er ist zu jung. Bis er daran denken kann zu heiraten, vergehen sicher noch zehn Jahre. Er ist der einzige Sohn und seine Familie hat Geld. Aber nicht so viel wie du", setzte sie dann hinzu.

„Also verschacherst du deine Schwester an den Meistbietenden?"

Anja hob die Schultern. „Wenn du es so sehen willst."

„Du lässt mir nicht viel Wahl, es anders zu sehen."

„Tja, dann ist es wohl so." Sie war der Diskussion müde und trieb Hera zu einer schnelleren Gangart an.

Martin folgte ihr nicht. Anja beugte sich über den Hals des Pferdes und jagte es querfeldein über die Wiesen. Der Stallknecht hatte nicht zu viel versprochen. Hera schien dahinzufliegen, ohne den Boden zu berühren.

Erst als die Umgebung vor ihren Augen verschwamm und sie mehrmals blinzeln musste, merkte Anja, dass sie weinte.

Am späten Nachmittag kehrte man ins Schloss zurück. Die Stimmung aller stand in deutlichem

Gegensatz zu dem wolkenlos blauen Himmel über ihnen.

Martin hatte Lili während des Besuchs bei einer Pächterfamilie mit kühler Höflichkeit behandelt, die das Mädchen dazugebracht hatte, nicht mehr von Wolfgangs Seite zu weichen.

Anja, der das natürlich nicht entging, warf Martin strafende Blicke zu, die wirkungslos an ihm abglitten. Sie nahm sich vor, mit Lili zu sprechen und nutzte die erste Gelegenheit dazu, die sich bot.

Unter dem Vorwand, auszuruhen, hatten sich die beiden Frauen auf ihre Zimmer zurückgezogen. Anja klopfte an Lilis Tür, sobald sie das Reitkostüm mit einem Tageskleid vertauscht hatte.

Lili lag ausgestreckt auf dem Bett. Sie trug noch immer das Kleid, das sie auch beim Ausflug angehabt hatte.

„Ist deine Zofe nicht gekommen?" fragte Anja.

„Ich habe sie weggeschickt." Lili bewegte sich nicht und starrte weiter auf den gerafften

Himmel des Bettes. „Ich will mich nicht umziehen. Ich will auf meinem Zimmer bleiben."

„Bist du krank?" Ohne nachzudenken legte Anja die Hand auf die Stirn ihrer Schwester, wie sie es immer tat, wenn sich Lili ungewöhnlich verhielt.

„Ich fühle mich nicht gut. Die Sonne war so heiß, mein Gesicht ist ganz rot, du weißt doch, dass ich nicht gerne draußen bin."

Anja seufzte. An der Abneigung ihrer Schwester gegen Sonne und Wind konnte weder ein breitkrempiger Hut noch ein strahlend blauer Himmel etwas ändern.

„Dann ruh dich aus. Bis zum Abendessen ist ja noch eine Weile hin. Ich habe den Ausflug wirklich genossen. Und wie freundschaftlich die Pächter mit Martin gesprochen haben. Er muss wirklich beliebt sein." Das war zwar nicht die feine Klinge, aber Anja gehörte ohnedies nicht zu jenen, die gerne auf den Busch klopften.

„Ja, diesen Eindruck habe ich auch", erwiderte Lili zugeknöpft.

„Wenn du dann als Gräfin Oberstorf bei den Pächtern nach dem Rechten siehst, werden sie dich sicher mit offenen Armen empfangen."

Lili sah Anja mit gerunzelter Stirn an. „Wie oft muss ich das denn tun?"

„Auf Altenburg habe ich einmal im Monat meine Runde gemacht, aber hier gibt es ja viel mehr Pächter. An deiner Stelle würde ich mich nach Martins Wünschen richten", antwortete Anja.

„Er hat mich überhaupt nicht beachtet, ständig hat er mit den Pächtern gesprochen oder mit dem Verwalter", maulte Lili.

„Die neuen Pflüge sind auch ein wichtiges Thema. Aber ich habe mitbekommen, dass dich Wolfgang in der Zwischenzeit gut unterhalten hat."

Die Spitze prallte an Lili ab. „Wolfgang hört mir zumindest zu, wenn ich etwas sage. Martin ist mit den Gedanken immer ganz woanders."

„Er muss ja auch viele verschiedene Dinge im Kopf haben, für einen Gutsherren ist das wichtig."

„Und ich bin nicht wichtig?“

Anja erhob sich vom Bettrand und strich den Rock ihres Kleides glatt. „Du willst mich falsch verstehen, also denke ich, wir beenden unser Gespräch jetzt und du ruhst dich aus bis zum Abendessen.“

12

Am nächsten Morgen saß Martin an seinem Schreibtisch und prüfte die Abrechnungen, die ihm sein Verwalter am Vortag übergeben hatte. Das Abendessen war in einer Atmosphäre vonstatten gegangen, die einem frostigen Wintertag alle Ehre gemacht hätte.

Zum Frühstück war Lili nicht erschienen. Anja hatte kurzangebunden etwas von „Unpässlichkeit" gemurmelt und ansonsten geschwiegen. Auch der Baron verschanzte sich hinter eisiger Höflichkeit. Martin konnte ihm nicht verdenken, dass er in ihm den Feind sah, den es zu vernichten galt, auch wenn er offenbar nicht wusste, wie er das anstellen sollte.

Die ganze Sache nahm langsam, aber sicher die Ausmaße einer griechischen Tragödie an.

Martin warf die Feder auf den Tisch, stand auf und trat zum Fenster. Er sah Anja zu den

Stallungen gehen, sie trug ihr Reitkostüm, also wollte sie ausreiten. Mit Gewalt unterdrückte er den Drang, sich zu ihr zu gesellen. So lange er die Dinge nicht geregelt hatte, war es besser, nicht mit ihr allein zu sein. Er traute seiner Selbstbeherrschung nicht mehr. Nicht, wenn es um Anja ging.

Er musste sich ablenken. Vielleicht war ein Besuch bei seiner kränkelnden Verlobten dafür genau das Richtige. Er schlüpfte in seine Jacke und machte sich auf den Weg. Doch noch ehe er Lilis Zimmer erreichte, hörte er ihre Stimme aus einem der kleinen Salons in der Galerie des Hauses, an denen er vorbei ging. Die Tür war nur angelehnt, deshalb blieb er stehen.

„... das alles ist mir zuviel, Wolfgang. Es schnürt mir die Kehle zu, wenn ich daran denke, was auf mich zukommt."

„Kannst du deine Schwester nicht bitten, dir zu helfen? Sie wird doch nicht darauf bestehen, dass du den Grafen heiratest, wenn du nicht willst."

„Ich wollte ja. Am Anfang. Aber je länger ich mit ihm zusammen bin und je mehr ich von ihm weiß, desto unsympathischer wird er. Weißt du, was er gestern zu mir gesagt hat?"

„Erzähl es mir, Lili, ich werde es niemandem sagen. Versprochen."

„Ich habe doch den kleinen Sohn der Pächterin auf dem Arm gehabt, er war so winzig, so süß. Und da habe ich zu Martin gesagt, wie gerne ich Kinder haben möchte, und dass ich es gar nicht mehr erwarten kann."

Eine geraume Weile herrschte Stille und Martin empfand fast etwas Mitleid mit Wolfgang.

„Und er hat mich nur so von oben herab angesehen und gesagt, das hat noch Zeit, ich bin ja noch so jung. Er will erst in zehn Jahren Kinder haben. In zehn Jahren! Kannst du dir das vorstellen? Da bin ich alt und faltig."

„Du bist in zehn Jahren nicht alt und auch nicht faltig. In zehn Jahren wirst du wunderschön sein. Und ich vermute, er will nur rücksichtsvoll sein."

„Nimm ihn nicht in Schutz. Warum heiratet man denn, wenn man keine Kinder will?“

Sie klang so empört, dass sich Martin auf die Lippe beißen musste, um nicht zu lachen.

„Du bist wie Anja. Auch sie sieht in ihm nur einen mustergültigen Gatten für mich. Sie versteht nicht, wenn ich es wage, etwas an ihm auszusetzen.“

Wieder herrschte Schweigen.

„Vater ist gerade einmal sechs Wochen tot. Aber Anja hat sich verändert, so sehr, dass ich sie manchmal gar nicht wiedererkenne. Sonst war sie immer auf meiner Seite, hat mich verteidigt, ganz egal, worum es ging. Aber jetzt zählt nur, dass ich Gräfin Oberstorf werde.“

„Hast du den Ehevertrag schon unterzeichnet?“

„Nein, aber das kommt sicher noch.“

„Dann bist du zu nichts verpflichtet.“

„Anja würde mir nie verzeihen, wenn ich den Antrag des Grafen ablehne. Dabei hat er mir ja gar keinen gemacht!“

Die Kleine war klüger, als er gedacht hatte. Mit einem kleinen Lächeln wandte sich Martin ab. Die Zeichen standen gut und er würde dafür sorgen, dass es so blieb.

Er wartete am Ende des Ganges und sobald das Mädchen den Salon verließ, kam er ihr wie zufällig entgegen.

„Ach, Lili, ich war gerade auf dem Weg zu Euch. Wie schön, Euch wieder wohlauf zu sehen. Ich habe mir schon Sorgen gemacht." Er nahm ihre Hand und hob sie an die Lippen. Den Baron, der neben ihr stehen geblieben war, ignorierte er geflissentlich.

„Es war nichts, vermutlich war ich gestern zu lange in der Sonne. Ich vertrage es nicht so gut, lange im Freien zu sein. Aber jetzt geht es mir wieder gut." Sie entzog ihm die Hand und Martin ließ sie gewähren.

„Baron, ich möchte Euch nicht aufhalten", sagte er so arrogant wie möglich und bedeutete dem Mann mit einem Heben der Augenbraue sich zu entfernen. Die Wangen des jungen Barons röteten sich und er deutete eine

Verbeugung in Richtung Lili an, ehe er weiterging.

„Meine Liebe, ich wollte Euch heute Nachmittag durchs Schloss führen, damit Ihr einen Eindruck von Eurem künftigen Zuhause bekommt. Fühlt Ihr Euch dazu in der Lage?“

„Ja, natürlich.“ Lili schien erleichtert, dass sie nicht wieder hinaus ins grelle Tageslicht musste. „Das, was ich bisher von Eurem Schloss gesehen habe, gefällt mir sehr gut. Es ist nur soviel größer als Altenburg.“ Sie lächelte ihn zögerlich an.

„Natürlich ist es eine Umstellung, aber Ihr gewöhnt Euch sicher daran. Und natürlich könnt Ihr alles nach Eurem Belieben verändern, was Euch nicht gefällt.“ Er hatte seine andere Hand über ihre gelegt und schenkte ihr einen tiefen Blick. „Um einen Gefallen bitte ich Euch allerdings.“

Sie sah ihn erwartungsvoll an. „Und der wäre?“

„Ich bitte Euch darum, Eurer Schwester nichts davon zu erzählen. Ich möchte gerne ein bisschen mit Euch alleine sein. Gestern waren so viele Menschen um uns, ich hatte keine Gelegenheit, mich um Euch zu kümmern. Ihr müsst Euch recht verloren vorgekommen sein."

Lili errötete. „Anja war ja da und auch Wolfgang. Aber ich werde Anja nichts sagen, wenn Ihr es nicht wünscht."

„Dann haben wir also ein Geheimnis." Er ließ ihre Hand los und lächelte sie an.

Lili runzelte die Stirn. „Ich habe noch nie mit jemandem ein Geheimnis gehabt."

„Und wie gefällt Euch dieses Gefühl?" Es reizte ihn, das Mädchen ein wenig aus der Reserve zu locken. Sie war ein liebenswertes Geschöpf, und sie brauchte nichts weiter als ein bisschen Selbstvertrauen, um ihr Schneckenhaus zu verlassen.

Wieder dachte sie angestrengt nach. „Gut. Sehr gut sogar." Sie sah ihn an, als würde sie diese Erkenntnis selbst überraschen.

„Dann schlage ich vor, wir treffen uns heute eine Stunde nach dem Mittagessen hier. Nur wir beide."

„Einverstanden, lieber Martin."

Nach dem Mittagessen wartete Martin wie versprochen an der vereinbarten Stelle. Lili kam ihm beschwingt entgegen und er versuchte sein Gewissen, das ihm gerade eine Standpauke hielt, zum Schweigen zu bringen. Er mochte Lili und nichts wäre ihm lieber gewesen, als sie als Schwägerin in der Familie begrüßen zu dürfen. Heiraten würde er sie jedoch nicht. Je länger er sie kannte, desto mehr vertiefte sich seine Überzeugung.

Er lächelte ihr freundlich entgegen, deutete einen Handkuss an und legte ihre Hand dann auf seinen Arm.

„Ich habe Anja gesagt, dass ich mich hinlege, weil ich wieder Kopfschmerzen habe." Sie kicherte verschwörerisch.

„Was seid Ihr für ein böses Mädchen!" Martin lachte und tätschelte ihre Hand. „Dann lasst uns mit der Besichtigung beginnen."

Fröhlich plaudernd stiegen sie von der Galerie in einen der Schlosstürme hinauf. „Das ist der älteste Teil des Schlosses. Von hier hat man einen

Überblick über das Land bis zum Gebirge hinüber und zur Donau auf der anderen Seite. In Kriegszeiten konnte man so die Angreifer rechtzeitig entdecken und Vorbereitungen treffen." Er öffnete eine niedrige Holztüre, die ins Freie auf eine von Zinnen eingerahmte Plattform führte. „Der Schlossgraben ist ausgetrocknet und der Mechanismus der Zugbrücke funktioniert nicht mehr. Aber heutzutage ist es auch nicht nötig, sie hochzuziehen." Er zeigte auf die gegenüberliegende Seite des Schlosses. „Der Turm auf der Westseite kann nicht mehr bestiegen werden, er ist zu baufällig. Damit sind wir hier am höchsten Punkt angelangt."

Lili blickte sich um, huschte aber schnell wieder ins Innere. „Es ist wirklich sehr hoch. Und sehr windig da draußen."

Martin schloss die Türe und verriegelte sie. „In der Turmstube versahen die Wachen ihren Dienst, manchmal blieben sie tagelang hier oben. Es gab Holzpritschen zum Schlafen, das Essen wurde ihnen gebracht."

Er reichte ihr die Hand, um ihr beim Abstieg über die steile Wendeltreppe zu helfen. In der Folge führte er sie praktisch in jedes Zimmer des Schlosses und zeigte ihr jeden Balkon und jeden Alkoven. Er merkte, dass sie sich entspannte und anfing, sich mit dem Gedanken an ein Leben auf Oberstorf anzufreunden. Ganz besonders angetan hatte es ihr ein Salon, der mit Seidentapeten in zartem Gelb dekoriert war, auf denen sich unzählige gestickte Vögel in allen Farben tummelten.

Vorsichtig strich sie mit den Fingerspitzen darüber. „Das ist wirklich wunderschön. Darf ich hier meinen Sticksalon haben? Es ist hell und gemütlich." Fragend sah sie ihn an und er nickte. „Natürlich, meine Liebe."

Er hasste sich in diesem Moment selbst, aber es blieb ihm keine Wahl, wenn er die Sache für alle Beteiligten zum Besten wenden wollte.

Sie erreichten den Westteil des Schlosses und Martin öffnete eine schwere Eichentür. „Hier befindet sich die Ahnengalerie."

Sie betraten die langgestreckte Halle, in der überlebensgroße Bilder in schweren Rahmen hingen. Männer, Frauen und Kinder blickten sie an, manche fröhlich, manche ausdruckslos, manche verbittert. „Wenzel von Oberstorf, der erste Graf und seine Frau Hildegunde. Sie haben den Grundstein zum Schloss gelegt. Das sind ihre drei Kinder, Adelheid, Wolfram und Gerolf."

Lili musterte die Bilder ehrfürchtig und Martin konnte es ihr nicht verdenken. Ihn selbst beschlich immer ein eigenartiges Gefühl, wenn er die Reihe abschritt. Sie machte ihm seine Verantwortung klar, fortzuführen, was andere vor ihm begonnen hatten. Ob er das wollte oder nicht. Außerdem hatte er immer die Vision, dass seine Nachkommen einmal an seinem Bild vorbeischlendern und sich fragen würden, was er wohl für ein Mensch gewesen war. Kurzum, er war nicht gerne hier und deshalb auch nicht oft.

Er sagte die üblichen Sätzchen, die ihm sein Vater beigebracht hatte, über jedes Familienmitglied und blieb dann vor dem Bild einer jungen Frau in einem feenhaft aussehenden blassblauen Kleid stehen.

„Und das ist Isabella von Oberstorf“, sagte er und bemühte sich, seiner Stimme unheilschwangere Betonung zu verleihen.

„Sie sieht so ernst aus.“ Lili betrachtete das blasse Gesicht der jungen Frau.

„Sie war wohl auch sehr unglücklich. Die Legende sagt, dass sie dazu gezwungen wurde, Rudolf von Oberstorf zu heiraten, obwohl sie einen anderen Mann liebte.“

„Oh, wie traurig. Und was geschah weiter?“

„Sie traf sich mit ihrem Geliebten und als Rudolf dahinterkam, steckte er sie ins Verließ. Dort soll sie ein ganzes Jahr lang bei Wasser und Brot und ohne Licht verbracht haben.“

Voller Entsetzen sah Lili ihn an. „O mein Gott, die arme Frau!“

Martin nickte. „Als Rudolf sie nach einem Jahr aus dem Verließ in ihre Räume bringen ließ, nutzte sie die erste Gelegenheit und sprang aus dem Fenster in den Burggraben. Sie ertank, ehe man sie herausziehen konnte.“

„Wie schrecklich.“ Lili schlang die Arme um sich.

„In der Tat. Aber es kommt noch schlimmer. Nach der Beisetzung in der Familiengruft kam es zu seltsamen Vorfällen.“ Er machte eine dramatische Pause. „In der Bibliothek und im Kaminsalon, das waren die Zimmer, in denen sich Isabella am liebsten aufgehalten hatte, bildeten sich auf den Teppichen nasse Stellen, richtige Pfützen, deren Herkunft sich niemand erklären konnte.“

Martin blickte Lili ernst an. „Und am Jahrestag ihres Todes ertrank ihr Mann Rudolf beim Baden in seiner Badewanne. Sein Diener ging nur kurz hinaus, um zwei Eimer Wasser zu holen, und bei seiner Rückkehr lag der Graf mit dem Kopf unter der Wasseroberfläche leblos im Zuber.“

„Sie hat ihn geholt“, murmelte Lili heiser. „Sie hat ihn sich geholt.“

„Vielleicht war es so. Aber Isabella findet keine Ruhe. Immer wieder gibt es im Schloss nasse Stellen auf dem Boden, die sich niemand erklären kann. Manchmal hören die Dienstmädchen sie weinen oder nach Essen rufen. Natürlich kann es auch der Wind sein, der in manchen Nächten ums Haus weht, aber im Lauf der Zeit sind uns viele Dienstboten deshalb weggelaufen. Weil die Gräfin Isabella hier spukt."

Er schwieg und blickte Lili an. Jede Farbe war aus ihrem Gesicht gewichen und sie sah ihn aus weit aufgerissenen Augen an. „Sie spukt noch immer hier?"

Er griff nach ihrer Hand. „Ich selbst habe sie nie gesehen, ich habe auch nie etwas gehört, aber wenn Ihr mit der alten Franziska sprecht, dann wird sie Euch sicher noch andere Geschichten erzählen."

Die alte Franziska erzählte in der Tat gerne Geschichten von Geistern, Hexen und magischen Flüchen. Je älter sie wurde, desto gruseliger wurden auch ihre Geschichten.

„Das Zimmer, in dem Isabella nach Ihrem Tod aufgebahrt war, liegt übrigens gleich neben Eurem. Ist Euch etwas aufgefallen?"

Lili schüttelte langsam den Kopf.

Martin lachte. „Na, da könnt Ihr sehen, dass das alles nur albernes Geschwätz ist." Er griff nach ihren eiskalten Fingern und drückte sie aufmunternd. „Gehen wir weiter."

Betont fröhlich erzählte er die Geschichten der restlichen Familienmitglieder, aber Lili reagierte nur einsilbig. Das letzte Gemälde zeigte ihn selbst als Achtzehnjährigen. „Nächstes Jahr werde ich ein neues Bild in Auftrag geben. Und natürlich lassen wir auch von Euch ein Gemälde anfertigen, meine Liebe."

Er überlegte kurz, ob sie die Galerie durch das zweite Tor verlassen sollten, entschied sich aber dann dagegen. Es konnte nicht schaden, wenn sie das Bild der Gräfin Isabella ein zweites Mal sah. An Lilis Seite schlenderte er langsam den Weg zurück, den sie gekommen waren.

Vor dem Bildnis von Isabella blieb er stehen und seufzte. „So ein hübsches, junges Mädchen. Sie muss in Eurem Alter gewesen sein, als sie mit Rudolf verheiratet worden ist. Ewig schade, dass sie so ein unglückliches Ende genommen hat."

Er blickte Isabella an und bat sie insgeheim um Verzeihung, dass er ihr so ein schweres Schicksal aufgebürdet hatte. Isabella war zwar jung gestorben, aber alles andere war seine Erfindung. Rudolf hatte ein zweites Mal geheiratet und in dieser Ehe vier Söhne gezeugt. Nach seinem siebzigsten Geburtstag war er an einem Schlaganfall friedlich in seinem Bett eingeschlafen und nicht mehr aufgewacht.

Lili starrte das Gemälde mit einem Ausdruck unverhüllter Angst an und wich ohne dass sie es merkte einen Schritt zurück.

„Kommt, meine Liebe, lassen wir sie in Frieden. Sonst ..."

Lili machte einen Satz, raffte die Röcke und rannte dann wie von Furien gehetzt zum Eingang der Galerie.

Martin folgte ihr langsam. Er war nicht stolz auf das, was er getan hatte und er nahm sich vor, wenn sein Plan aufging, so würde er Lili die Wahrheit sagen. Und ihr gestatten, sich eine Bestrafung für ihn auszudenken.

13

Lili schloss die Tür ihres Zimmers hinter sich und warf sich aufs Bett. Angst schnürte ihr die Kehle zu. Es war wie damals, als sie noch so klein gewesen war, dass sie sich bei jedem Gewitter zu Anja ins Bett geflüchtet hatte. Aber heute war sie nicht nur erwachsen und es war kein Gewitter, vor dem sie Angst hatte, sondern Anja war auch nicht mehr der Hafen der Geborgenheit und Güte, der ihre große Schwester immer gewesen war.

Anja wollte, dass sie den Grafen von Oberstorf heiratete. Das hatte Lili begriffen. Und Anja würde zum ersten Mal in ihrem Leben kein Widerwort und keine Ablehnung akzeptieren.

Sie verstand nicht, warum Anja so handelte, warum sie nicht glücklich und zufrieden war, wie die Dinge in der Meierei sich entwickelten.

Seufzend rollte sie sich zusammen und zog die Decke bis zum Kinn. Vielleicht war sie selbst schuld daran, denn natürlich war ihr der Graf zuerst so nett und höflich und gutaussehend vorgekommen, dass sie dem Plan ihn zu heiraten nur zu gerne zugestimmt hatte. Erst nach und nach war ihr aufgegangen, dass ihn nett zu finden nicht ausreichen würde, all seine Ansprüche zu erfüllen. Sie konnte sich nicht vorstellen, jemals einen Haushalt von den unüberschaubaren Dimensionen des Schlosses zu führen. Sie konnte sich noch viel weniger vorstellen, den Kontakt zu den Pächtern zu halten und regelmäßig über Land zu fahren, geschweige denn zu reiten.

Im Grunde wollte sie Kinder und einen Mann, der immer wieder sagte, wie lieb er sie hatte, und wie wunderbar all die Dinge waren, die sie tat. Wie schön ihre Stickerei war oder wie nett sie den Salon dekoriert hatte. Wenn er dann noch mit ihr Mühle spielte oder sie beim Würfeln miteinander lachen konnten, dann wäre sie rundum zufrieden gewesen.

Mit Wolfgang war es immer so gewesen, deshalb hatte sie gedacht, auch mit Martin würde sich diese Vertrautheit einstellen, wenn sie nur mehr Zeit mit ihm verbrachte.

Aber stattdessen erfuhr sie immer widerwärtigere Dinge. Wer wollte in einem Haus leben, in dem es spukte? Vielleicht wollte die unglückliche Isabelle sogar ihr selbst ans Leben, weil sie einen Grafen Oberstorf heiratete!

Lili nagte an ihrer Unterlippe. Sie konnte mit Anja nicht darüber sprechen. Auch wenn die Schwester sie nicht auslachte, sie würde sie nicht verstehen. Anja war viel zu praktisch. In ihren Augen war das sicher nur dummes Gerede der Dienstboten, abergläubischer Unsinn.

Etwas kratzte an der Wand. Lili fuhr zusammen. Am helllichten Tag meldete sich die verstorbene Isabella plötzlich, als hätte sie nur darauf gewartet, sich zeigen zu dürfen.

Zitternd wartete Lili darauf, dass sich das kratzende Geräusch wiederholte. Aber stattdessen knarrte der Boden. Ob in ihrem Zimmer oder im Raum über ihr konnte sie nicht sagen. Sie biss die Zähne zusammen, ihr Herz raste.

Dann warf sie die Decke zur Seite, sprang aus dem Bett und lief zur Tür. Auf dem Flur überlegte sie kurz. Bei Anja wollte sie nicht klopfen, sie hatte keine Lust auf Vorhaltungen, dass sie sich kindisch verhielt. Abgesehen davon, trieb sich Anja vermutlich in den Stallungen oder der Reithalle herum oder war überhaupt ausgeritten.

Wolfgang. Er würde für sie Verständnis haben. Er hatte immer Verständnis für sie. Und er würde ihr zuhören. Schnell dachte sie nach. Wenn sie sich richtig erinnerte, dann hatte man ihn jenseits der breiten Treppe untergebracht.

Sie raffte die Röcke und rannte den langen Flur entlang, ehe jemand sie entdecken würde. Nach zwei vergeblichen Versuchen öffnete sich schließlich eine Tür und Wolfgang stand vor ihr.

Bevor er etwas sagen konnte, drückte sich Lili an ihm vorbei ins Zimmer.

„Lili ...“

„Schließ die Türe, schnell, ehe mich jemand sieht", flehte sie mit schwacher Stimme.

Er zögerte kurz, schließlich entsprach es ganz und gar nicht den Anstandsregeln, dass er alleine mit einem unverheirateten Mädchen in seinem Zimmer war. Angesichts ihrer Verzweiflung schloss er aber dann doch die Tür.

„Um Himmels willen, was ist denn geschehen?", fragte er und trat näher.

Lili stand vor ihm und ballte die Fäuste, um etwas an Haltung zu gewinnen. „Ich heirate ihn nicht. Und ich bleibe auch nicht hier."

Sie spürte, wie ihr Tränen in die Augen traten und versuchte, sie wegzublinzeln.

„Was hat er denn getan?", fragte Wolfgang alarmiert und zog ein Taschentuch aus der Innentasche seiner Jacke.

„Nichts. Alles. Ich bleibe nicht hier. Das Schloss ist verflucht. Und alle, die darin leben." Sie putzte sich lautstark die Nase. „Und auch wenn es das nicht wäre, er ist nicht der richtige Mann für mich."

Wolfgang schwieg eine Weile und Lili sah ihn durch tränenfeuchte Wimpern hindurch an. „Ich fühle mich in seiner Gegenwart immer nervös. Ich weiß nie, was er denkt. Und ich will nicht reiten lernen.“

Sie schluchzte wieder auf und einen Augenblick später fühlte sie sich von starken Armen umfangen. „Ich will hier weg“, murmelte sie in seine Jacke. „Wolfgang, ich will hier weg.“

Der Duft von Seife und Zitronen beruhigte sie etwas und das sanfte Streicheln ihres Rückens tat ein Übriges. Sie schluckte und fragte sich, warum ihr bisher nicht aufgefallen war, wie geborgen sie sich bei Wolfgang fühlte.

Sie lehnte sich in seinen Armen zurück. Er sah sie an und zum ersten Mal bemerkte sie seine leuchtenden, bernsteinfarbenen Augen. Ein leichtes Ziehen machte sich in ihrer Brust breit, nicht unangenehm, eher ... aufregend.

Er beugte sich zu ihr und dann spürte sie seine Lippen auf ihren. Ganz sanft, wie ein Schmetterlingsflügel. Erstaunt merkte sie, dass ihr das gefiel. Sie stellte sich auf die Zehenspitzen. „Noch einmal“, bat sie.

„Lili ...“

„Noch einmal.“

Er gehorchte. Diesmal küsste er sie länger. Und heftiger. Und es gefiel ihr noch besser.

Als sie sich schwer atmend von einander lösten, war für Lili alles glasklar. Das war der Mann, den sie heiraten wollte. Sie fragte sich, wie sie nur so blind hatte sein können, und es nicht viel früher bemerken.

„Lili, wir dürfen das nicht“, sagte Wolfgang und schob sie von sich. „Verzeih, ich habe nicht nachgedacht.“

„Lass uns weggehen.“ Lili dachte an ihre erste Zofe, die zwei Jahre zuvor mit dem Kammerdiener weggelaufen war. Damals hatte sie das unglaublich romantisch gefunden, aber keinen wirklichen Zusammenhang zum Auslöser dieser Tat gefunden. Jetzt verstand sie, was in Karin vorgegangen sein musste.

Wolfgang fuhr sich durchs Haar. „Wir werden mit Anja reden. Sie wird sicher ...“

„Nein, sie hat sich in den Gedanken verrannt, dass ich den Grafen heiraten soll. Und davon weicht sie keinen Deut ab.“ Sie sah ihn mit störrisch vorgerecktem Kinn an. „Willst du dabei zusehen, wie ich ihn heirate?“

Er wurde blass und zum ersten Mal in ihrem Leben spürte Lili, dass sie Macht über einen Menschen besaß.

„Anja wird niemals ihre Einwilligung geben, dass die Verlobung gelöst wird. Sie glaubt, dass der Graf der richtige Mann für mich ist und gut für mich sorgen wird. Alles andere interessiert sie nicht.“

„Aber was willst du denn tun?“, fragte er ratlos.

„Lass uns weggehen. Nur uns beide. Irgendwohin, wo uns niemand findet.“ Flehentlich sah sie ihn an.

In seinem Gesicht zeichneten sich die unterschiedlichsten Gefühle ab. Sie bekam Angst, dass er doch zu Anja gehen und ihr Schicksal damit besiegeln würde.

„Magst du mich denn gar nicht?“, murmelte sie mit zitternder Stimme.

„Ach, Lili“, stöhnte er. „Ich mag dich mehr als ich sagen kann und ich würde nichts lieber tun, als dich heiraten und den Rest meines Lebens für dich sorgen.“

Sie warf sich wieder an seine Brust. „Ja, ja, ach, das wäre wunderschön! Du willst doch auch Kinder? Ja? Und ich muss nicht reiten lernen?“

Er lächelte. „Du musst nichts tun, was du nicht willst.“

„Dann lass uns zusammen weggehen“, sagte sie wieder. „Irgendwohin, wo wir zusammen sein können.“

Sie merkte, dass er wirklich darüber nachdachte. „Ich habe eine Tante im Salzburgischen“, sagte er dann. „Wir könnten zu ihr gehen. Und auf dem Weg dorthin finden wir einen Pfarrer, der uns traut.“

Lili hüpfte vor Freude und klatschte in die Hände. „Ja, Wolfgang, das machen wir. Das klingt wunderbar.“

Er sah sie mit einem so liebevollen Blick an, dass ihr Herz schmerzte. „Wenn wir es tun, dann gibt es kein Zurück, das weißt du doch? Du musst mich dann heiraten, ob du willst oder nicht."

„Natürlich will ich", jubelte Lili. „Ich will dich, und nur dich. Für mein ganzes Leben."

Er führte sie zu einem Sofa und setzte sich neben sie. „Es bringt nichts, zu warten. Wenn du entschlossen bist, dann verschwinden wir heute nach dem Abendessen. Ich bereite alles vor, und du packst nur das Notwendigste. Nicht mehr als eine Tasche."

Sie nickte eifrig. „Ja, Wolfgang, das mache ich."

„Ich habe etwas Geld. Mutter lacht immer, weil ich nie ohne Bargeld aus dem Haus gehe." Er griff nach ihren Händen. „Meine Eltern mögen dich, das weiß ich. Du wirst sehen, alles wird gut."

Sie hatte den Eindruck, dass er eher sich selbst überzeugen wollte, aber sie lächelte ihn nur strahlend an. Denn alles war besser, als hier auf Oberstorf zu bleiben.

14

Anja schlenderte durch die Stallungen. Ihre Schwester hatte sich mit Kopfschmerzen auf ihr Zimmer zurückgezogen und sowohl Martin als auch Wolfgang hatten für den Nachmittag andere, nicht näher definierte Pläne gemacht.

So hatte sie sich entschlossen, den für sie interessantesten Teil des Schlosses zu besuchen. Sie plauderte mit den Pferdeknechten, striegelte ein Pferd nach dem anderen und führte eine Stute, die in ein paar Tage fohlen sollte in der Reithalle herum.

Eine gute Gelegenheit ihren eigenen Gedanken nachzuhängen. Martins Worte, dass möglicherweise vier Menschen unglücklich wurden, gingen ihr nicht aus dem Kopf. Was, wenn er Recht hatte?

Es ging nicht nur um sie. Lili war in den letzten Tagen und Wochen erwachsen geworden. Sie war nicht mehr das kleine Mädchen, das bewundernd zu ihr aufsah und jede ihrer Entscheidungen kritiklos hinnahm. Lili entwickelte einen eigenen Willen und wollte ihn auch durchsetzen.

Martin würde sie nicht schlecht behandeln, sie zweifelte sein Wort nicht an. Aber hieß das auch, dass ihre Schwester damit zufrieden sein würde?

Für sie selbst reichte das nicht. Das war auch der Hauptgrund, warum sie den Gedanken an eine Ehe immer weit von sich geschoben hatte. Denn einen Mann zu finden, der sie nicht schlecht behandelte, war nach der gängigen Meinung das Beste, womit eine Frau rechnen konnte.

Aber sie wollte mehr. Sie wollte Teil eines Ganzen sein, nicht ein winziges Rädchen, das funktionieren sollte und sonst nichts. Sie wollte um ihre Meinung gefragt werden und nicht nur eine Reihe von Stammhaltern liefern. Sie wollte

Entscheidungen treffen, statt bei Gesellschaften Konversation zu führen.

Und seit sie Martin getroffen hatte, war die Sehnsucht nach etwas dazugekommen, das sie vorher nicht gekannt hatte.

Die körperliche Seite einer Ehe. Martins Küsse hatten eine vage Ahnung in ihr wachgerufen, was da noch kommen konnte. Gleichzeitig war ihr auch klar geworden, dass sie es nicht dulden würde, wenn sich ihr Ehemann eine Mätresse hielt. Und zwar ganz egal, ob im Herrenhaus oder am Ende der Welt.

Das alles deutete darauf hin, dass sie als alte Jungfer in der Meierei enden würde. Nicht, dass sie daran jemals gezweifelt hatte. Nur waren die Gefühle, mit denen sie diese Perspektive betrachtete, andere geworden. Die Gleichgültigkeit hatte sich in ziehendes Bedauern verwandelt.

Die Stute blieb stehen und Anja strich ihr über die Nüstern. Erst als das Pferd den Kopf in den Nacken warf und wieherte, drehte sie sich um.

Martin kam durch die Reithalle auf sie zu. Seine Schritte wirkten energiegeladen und selbstsicher. Obwohl er nur Stiefel, Reithosen und ein weites weißes Hemd trug, war er jeder Zoll der Herr von Oberstorf.

Er lachte sie an und sie spürte wieder den dumpfen Schmerz in ihrem Herzen. Er würde ihre Schwester heiraten, nicht sie. Das sollte sie sich immer vor Augen halten.

„Du hast dich Elvira angenommen, das ist eine gute Idee. Sie braucht ein bisschen Bewegung, ohne sich dabei zu überfordern."

Er strich über den Rücken der Stute und Anja verfolgte die Bewegung mit hungrigen Augen. Dann riss sie sich zusammen. Großer Gott, wo sollte das nur enden ...

„Möchtest du ausreiten? Ich treffe mich mit dem Verwalter. Du kannst mich begleiten, und auf dem Rückweg machen wir im Dorfkrug halt."

Er wirkte so gutgelaunt und lebendig, dass es Anja schwer fiel, abzulehnen. Aber mit ihm alleine zu sein, würde zu nichts führen.

„Nein, ich habe keine Lust", sagte sie deshalb und hoffte, dass ihre Stimme abweisend genug klang.

„Gut, da kann man wohl nichts machen." Er blickte sie aufmerksam an und zuckte dann die Schultern.

Dass er überhaupt keine Anstalten zeigte, sie umzustimmen, verdross sie. Aber natürlich musste sie gute Miene machen.

„Ich führe Elvira noch ein bisschen herum, dann sehe ich mich in der Bibliothek um", teilte sie ihm deshalb kühl mit und zog die Stute an den Zügeln weiter.

„Dann sehen wir uns später." Er hob kurz die Hand, ehe er die Richtung zu den Boxen einschlug.

Lustlos führte sie Elvira ein paar Runden durch die Halle und brachte sie dann zurück zu ihrem Platz. Der Pferdeknecht übernahm sie und stellte ihr einen frischen Eimer Wasser hin.

Anja nickte ihm zu und ging zurück zum Hauptgebäude. In der Tat hatte sie sich seit ihrer

Ankunft in der Bibliothek umsehen wollen, aber jetzt fehlte ihr die Konzentration dazu.

Die Sonne schien durch die hohen Fenster und brachte den Golddruck auf den Buchrücken zum Glänzen. Wenn sie nicht so dumm gewesen wäre, dann könnte sie jetzt auch draußen sein. Seite an Seite mit Martin.

Sie zog einen dicken Band aus dem Regal und setzte sich in einen Lehnsessel. Erst als sie die ersten Seiten durchgeblättert hatte, stellte sie fest, dass sie ein Buch über Schiffsbau gewählt hatte.

Sie ließ es auf ihren Knien liegen und lehnte den Kopf zurück. Eine Welle Selbstmitleid überrollte sie. Warum konnte sie ihren Vater nicht um Rat fragen? Warum gab es überhaupt niemanden, den sie um Rat fragen konnte? Warum musste sie alle Entscheidungen alleine treffen? Was wäre, wenn sie Lili einfach sagen würde, du kannst den Grafen nicht heiraten, weil ich ihn heiraten will?

Würde ihre geschwisterliche Beziehung das überstehen? Welche gesellschaftliche Folgen würde diese Entscheidung nach sich ziehen? Den

Ehevertrag kannte nur Dr. Seiberg. Niemand brauchte zu erfahren, dass Martin zuerst Lili hatte heiraten wollen.

Dann schüttelte sie den Kopf. Sie durfte nicht immer nur an sich denken. Sie hatte ihr Anrecht auf Glück gemeinsam mit Altenburg verloren. Das Einzige, was zählte, war die gesicherte Zukunft von Lili.

„Da hast du dir aber schwere Lektüre ausgesucht."

Anja riss die Augen auf. Martin hatte sich einen Fußschemel herangezogen, und streckte die Beine aus.

„Wieso bist du schon zurück?", fragte sie, verwirrt von seiner Nähe.

„Der Verwalter hat bereits alle Vorbereitungen getroffen, er wollte nur mehr mein Einverständnis zum Fällen der markierten Bäume. Und alleine macht der Dorfkrug keinen Spaß."

Er beugte sich näher zu ihr. „Du magst Schiffe?"

„Ich ... äh ... weiß nicht. Ich habe noch keines gesehen.“ Sie kam sich unglaublich dumm vor.

Er lachte. „Also hat dich die Neugier auf das Unbekannte bewogen, das Buch zu wählen.“

Sie wollte schon sagen, dass sie einfach irgendein Buch genommen hatte, aber der Ausdruck in seinem Gesicht änderte sich unmerklich.

„Ach, Anja.“ Er beugte sich zu ihr, gab ihr aber genug Zeit zurückzuweichen. Aber sie blieb, wo sie war und ließ es zu, dass er sie küsste.

Wieder fühlte sie die Sehnsucht nach mehr, die sich während seines Kusses ins Unermessliche steigerte. Seine Finger hielten ihr Gesicht sanft umfasst und sein Daumen streichelte ihren Hals, während er den Kuss vertiefte und ihr immer neue Wonnen bereitete.

Schwer atmend legte er seine Stirn an ihre. „Ich kann sie nicht heiraten, Anja, sieh das doch ein. Und du kannst nicht dabei stehen, wenn ich sie heirate.“

Anja zitterte. „Das ist alles unwichtig", stammelte sie. „Der Ehevertrag ist wichtig. Und dass Lili glücklich wird."

„Das wird sie mit mir nicht." Er küsste eine sehr empfindsame Stelle hinter ihrem Ohr. „Und ich nicht mit ihr."

„Wenn du dich nur bemühst ..."

„Ich will mich nicht bemühen." Sein Mund wanderte über ihren Hals. „Nicht, wenn ich gerade ausgesprochen glücklich bin, ohne mich auch nur im Geringsten zu bemühen."

„Martin ... bitte hör auf, ich kann nicht klar denken."

Er löste sich von ihr und setzte sich auf den Schemel. „Vielleicht ist es besser, wenn du nicht klar denkst", sagte er verstimmt. „Alles wäre dann viel einfacher."

Sie schwiegen eine Weile, dann stand er auf und fing an, im Zimmer auf- und abzugehen. „Was würdest du eigentlich tun, wenn ich landauf, landab erzählen würde, dass wir eine Nacht miteinander verbracht haben?"

Ihr Herz klopfte bis zum Hals. „Dich hassen bis an mein Lebensende“, gelang es ihr zu sagen. „Vielleicht müsste ich dich dann heiraten, aber ich würde es dir nie verzeihen.“

Er kniete sich vor ihr hin und griff nach ihren Händen. „Auch wenn mich die Verzweiflung dazu treibt?“

„Egal, was dich dazu treibt. Ich könnte es nie akzeptieren.“

Er fuhr sich mit beiden Händen durchs Haar. „Und was wäre, wenn Lili die Verlobung löst?“

„Das würde sie nie tun.“ Entsetzt fuhr Anja hoch. „Sie hat noch nie etwas getan, das Vater oder ich nicht gutgeheißen hätten.“

Martin warf ihr einen rätselhaften Blick zu. „Dann will ich für dich hoffen, dass es so bleibt.“

Der Gedanke, den Martin ihr eingepflanzt hatte, ließ Anja nicht mehr los. Beim Abendessen beobachtete sie ihre Schwester, die ungewöhnlich lebhaft war. Ihre Wangen waren gerötet, sie schwatzte pausenlos von Nebensächlichkeiten und warf Blicke in die Runde, die Anja nur als kokett bezeichnen konnte.

„Fühlst du dich gut?“, fragte sie schließlich.

Lili lachte und fächelte sich mit der flachen Hand Luft zu. „Ja, es geht mir wunderbar. Nur etwas heiß ist es hier, findest du nicht?“

Anja war froh, als das Abendessen endlich vorbei war. Martin schlug eine Partie Tarock vor, doch die anderen lehnten ab. So zog sich schließlich jeder auf sein Zimmer zurück.

Anja hatte gerade ihre Zofe weggeschickt, als es an der Tür klopfte und Lili, bereits für die Nacht angekleidet, ins Zimmer trat.

Das war einigermaßen ungewöhnlich, deshalb sah Anja ihre Schwester fragend an.

„Wir haben so wenig Zeit zusammen, seit wir hier sind“, sagte sie und zog einen Stuhl heran.

„Das ist wohl wahr.“ Anja wartete ab, was ihr noch auf der Seele lag.

„Aber vermutlich ist das so, wenn man erwachsen wird. Und wenn ich verheiratet bin, dann werden wir uns noch seltener sehen.“ Sie sah ihre Schwester mit einem traurigen Ausdruck an, aber Anja hörte nur, dass Lili sich mit dem Gedanken, Martin zu heiraten abgefunden hatte.

Sie lächelte erleichtert. „Das kommt darauf an, wie oft du mich einlädst."

Lili zupfte an einem losen Faden an ihrem Ärmel und schwieg. Dann sprang sie auf und umarmte ihre Schwester stürmisch. „Ich hab dich lieb, Anja. Und ich werde dich immer lieb haben."

Gerührt drückte Anja Lili an sich. „Ich habe dich auch lieb, kleine Schwester."

Lili machte sich los und küsste Anja auf beide Wangen. „Schlaf gut."

„Du auch, Lili."

Beruhigt kroch Anja wenig später in ihr Bett. Alles würde gut werden, so wie sie es immer gewusst hatte.

15

Ausgeruht und gut gelaunt erschien sie am nächsten Morgen am Frühstückstisch. Martin erhob sich bei ihrem Eintritt. „Guten Morgen, Anja."

„Guten Morgen, Martin. Wo sind denn die anderen beiden?", fragte sie und setzte sich an ihren Platz.

„Ich habe keine Ahnung. Bei Lili überrascht mich die Abwesenheit ja nicht, aber Wolfgang war bisher immer pünktlich. Was vermutlich an seinem Bärenhunger liegt. Der Junge kann vielleicht Portionen verdrücken ..." Er lachte.

„Ich werde nach dem Frühstück bei Lili vorbeischauen. Und auch bei Wolfgang, falls er bis dahin nicht auftaucht." Anja ließ sich vom Diener Kaffee eingießen und griff nach einem warmen Croissant.

Da Martin den Vorfall in der Bibliothek nicht erwähnte, gelang es ihr eine Konversation aufrechtzuerhalten, die sich ums Wetter und um Pferde drehte. Als auch nach einer Stunde weder Lili noch Martin erschienen waren, stand Anja auf. „Ich werde nach dem Rechten sehen, vielleicht sind die beiden krank."

Martin nickte. „Ich kann nach dem Arzt schicken lassen, wenn es nötig werden sollte. Gib mir einfach Bescheid."

„Das tue ich."

Ohne Eile machte sie sich auf den Weg zum Zimmer ihrer Schwester. Vermutlich hatte sie Kopfschmerzen, vielleicht aber auch nur verschlafen. Sie klopfte an die Tür und wartete auf Antwort. Als nichts geschah, klopfte sie lauter und trat schließlich ein.

Ungläubig sah sie sich um. Das Bett war unberührt und von ihrer Schwester keine Spur. Einer dumpfen Ahnung folgend lief sie zu Wolfgangs Zimmer. Auch hier fand sie das Bett unberührt vor, aber auf dem Sekretär lag ein versiegelter Umschlag mit ihrem Namen.

Sie sank auf den Sessel und brach das Siegel.

Liebste Anja, stand da in Lilis sauberer Schrift, ich will *dir keinen Kummer machen, aber ich kann den Grafen von Oberstorf nicht heiraten. Auch wenn es für dich so wichtig ist. Ich kann einfach nicht. Bitte versuch mich zu verstehen. In Liebe, deine Lili.*

Darunter stand in steiler Männerschrift:

Verehrte Anja, verzeih mir diesen Schritt. Ich liebe Lili schon seit langem und ich kann nicht zusehen, wie sie unglücklich wird. Ich verspreche bei meiner Ehre gut für sie zu sorgen und sie auf Händen zu tragen. In aufrichtiger Zuneigung, Wolfgang von Zwenck.

Anja hielt sich an der Kante des Sekretärs fest, um nicht in Ohnmacht zu fallen. Sie konnte nicht glauben, was sie da las. Aber auch nachdem sie das Schreiben ein zweites und drittes Mal gelesen hatte, blieb der Inhalt derselbe.

Schwerfällig stand sie auf und ging zu Martins Arbeitszimmer. Als er aufblickte, hielt sie ihm das Schreiben entgegen. „Hast du davon gewusst? Hast du etwas damit zu tun?“

Er griff danach und las mit gerunzelter Stirn. „Sie sind durchgebrannt?“

„Ja." Anja stützte sich mit beiden Händen auf dem Schreibtisch auf und sah ihn böse an. „Du hast davon gewusst, oder?"

Er legte das Blatt beiseite. „Nein."

„Aber du hast mich gestern gefragt, was geschehen würde, wenn Lili die Verlobung löste."

Martin stand auf und ging um den Tisch herum. „Willst du überhaupt hören, was ich zu sagen habe oder hast du dein Urteil bereits gefällt?"

„Also hast du etwas damit zu tun", rief Anja anklagend.

„Ich habe versucht, mich ihr als das Gegenteil eines Mustergatten zu präsentieren und ihr ein Leben auf Oberstorf als mittleres Fegefeuer zu schildern. Dazu war nicht wirklich viel nötig. Aber ich habe nicht damit gerechnet, dass sie Wolfgang dazu bringen könnte, mit ihr durchzubrennen."

„Ihn dazuzubringen? Lili ist ein schüchternes, ruhiges Mädchen, das nichts von der Welt weiß."

„Möglich. Aber sie ist auch deine Schwester und vielleicht seid ihr euch ähnlicher als du gedacht hast.“ Er lächelte.

„Ich wäre niemals durchgebrannt. Niemals.“

„Auch nicht, wenn dich dein Vater gegen deinen Willen verheiraten hätte wollen?“ Er trat näher an sie heran.

Anja sah ihn an. „Das ... es ...“

„Sei ehrlich, mein Herz. Niemand außer mir hört es.“ Er nahm ihre Hände.

Sie atmete tief durch. „Was ich getan hätte, ist jetzt nicht das Thema.“

„Richtig. Das Thema ist, dass ich sitzengelassen wurde. Meine Braut ist mit einem anderen durchgebrannt. Ein Skandal sondergleichen. Was also gedenkst du zu tun, um meine Ehre und die deiner Familie wieder herzustellen?“

„Wir müssen sie suchen“, antwortete Anja lahm.

„Ach, die beiden sind längst über alle Berge und bestimmt verheiratet, wenn wir sie finden. Aber ich bin bis an mein Lebensende blamiert.“

Anja sah in seine lachenden Augen. „Dann muss ich mich wohl opfern und die Stelle meiner Schwester im Ehevertrag einnehmen."

„Das wäre zumindest ein Anfang."

„Du willst mich also wirklich heiraten?", fragte sie mit heiserer Stimme.

„Natürlich. Hätte ich sonst die Gräfin Isabella auferstehen lassen?"

„Wie bitte?" Anja runzelte verwirrt die Stirn.

„Erzähle ich dir später. Vielleicht." Er beugte sich über sie und küsste sie so heftig, dass der Boden unter ihren Füßen zu schwanken begann. Sie legte die Arme um seinen Hals und genoss die Hitze, die durch ihren Körper floss.

Schließlich legte sie den Kopf in den Nacken. „Ich habe noch nicht ja gesagt."

„Und ich habe noch nicht gefragt." Er grinste. „Aber du musst mich heiraten. Sonst bin ich arm wie eine Kirchenmaus."

„Ach. Tatsächlich?"

„Ja. Ich muss an meinem dreißigsten Geburtstag verheiratet sein, sonst verliere ich Oberstorf. Eine Testamentsklausel."

Anja schüttelte den Kopf. „Das hast du gerade erfunden. Um mich herumzukriegen."

Er beugte sich wieder zu ihr. „Nein, mein Herz, das habe ich nicht. Wir haben eben viel mehr Gemeinsamkeiten, als du denkst."

Und damit begann er, ihr diese Gemeinsamkeiten ausführlich zu demonstrieren ...

ENDE

Printed in Poland
by Amazon Fulfillment
Poland Sp. z o.o., Wrocław

58531906R00120